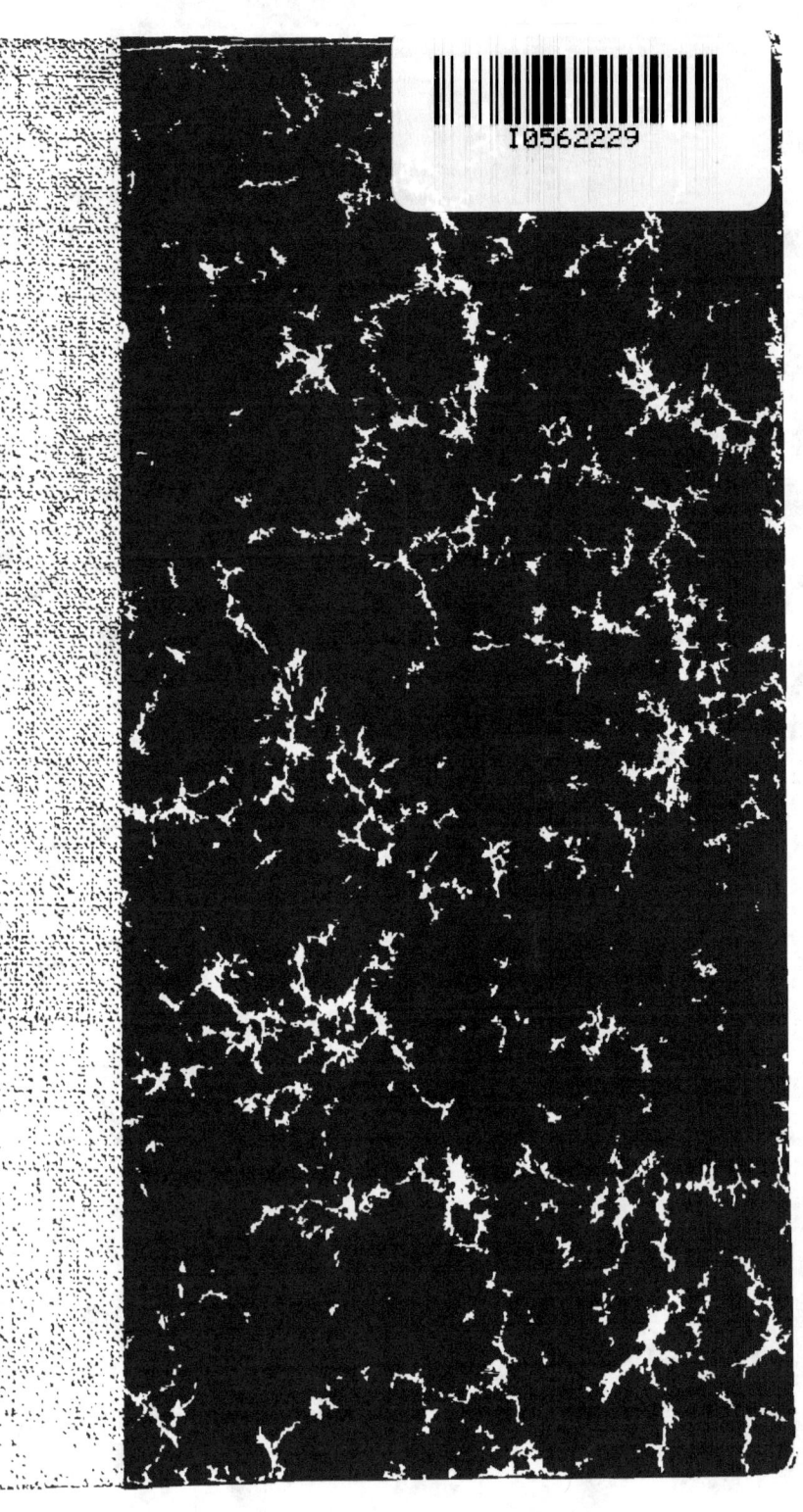

I0562229

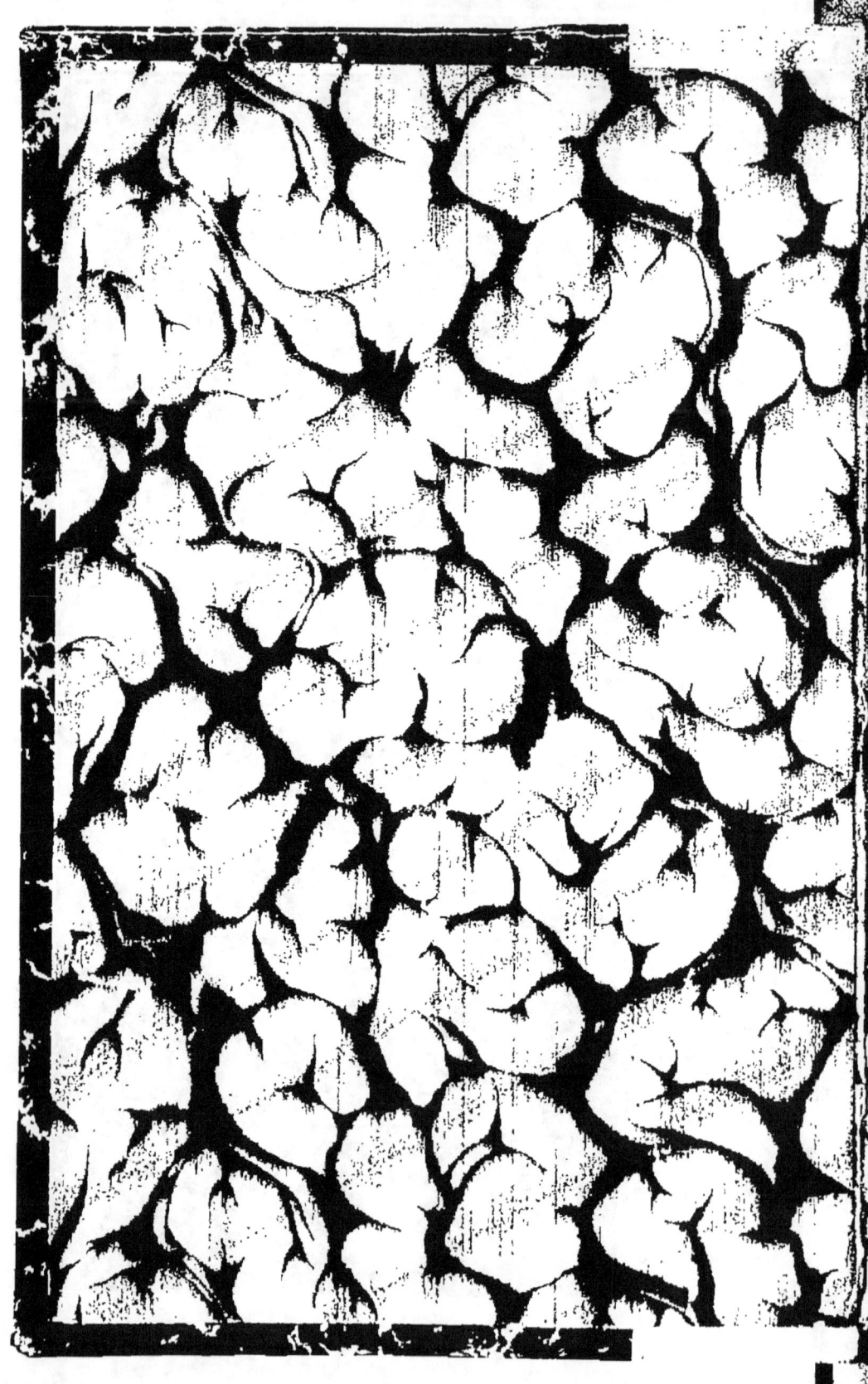

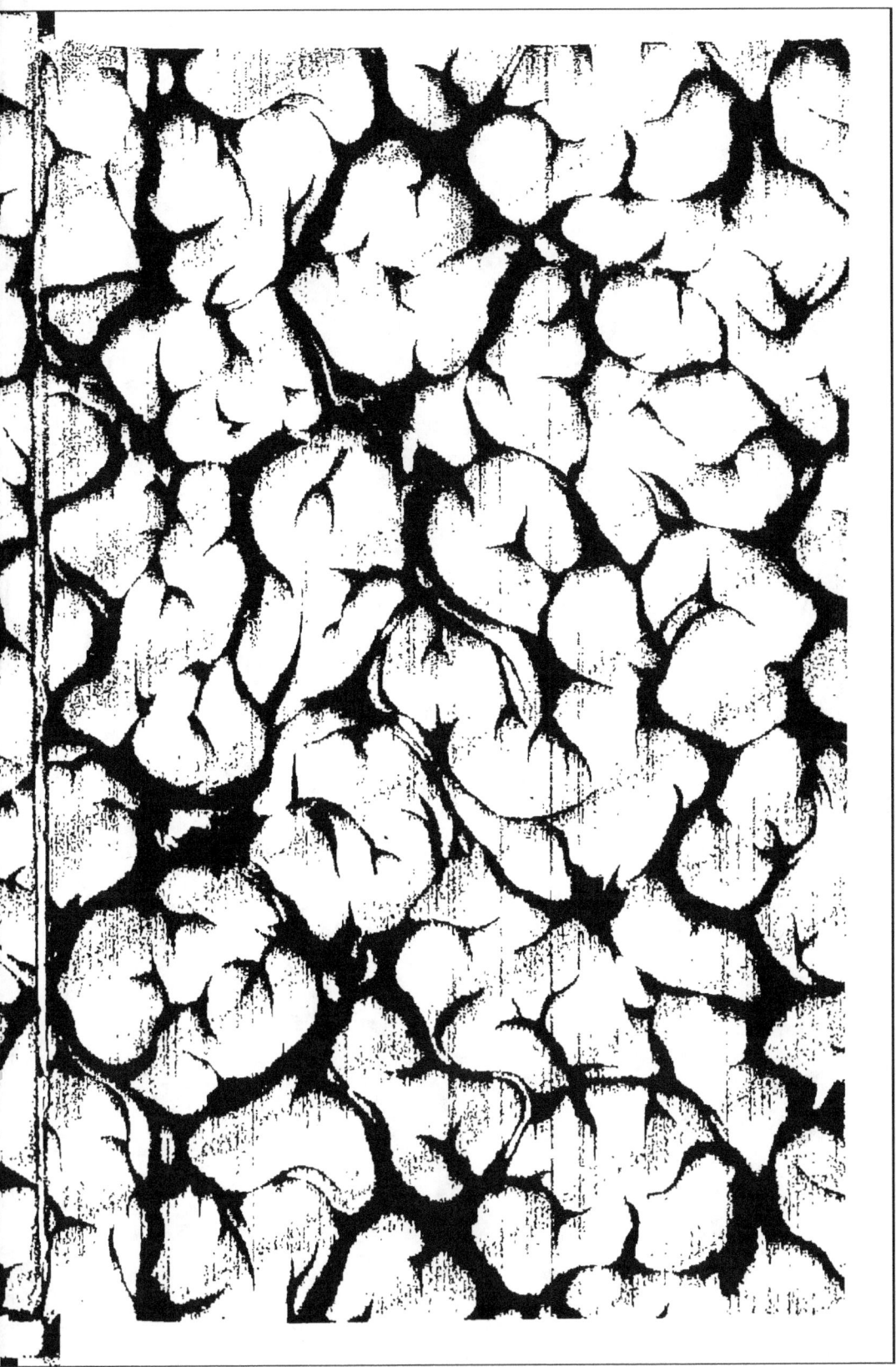

Prix : **60** centimes

AUTEURS CÉLÈBRES

Ivan TOURGUENEFF

PREMIER AMOUR

PARIS

MARPON ET E. FLAMMARION

ÉDITEURS

26, RUE RACINE, PRÈS L'ODÉON

PREMIER AMOUR

A LA MÊME LIBRAIRIE

IVAN TOURGUÉNEFF

RÉCITS D'UN CHASSEUR

Un volume de la collection des Auteurs célèbres.

Prix, *franco* : 60 centimes.

ÉMILE COLIN. — Imprimerie de Lagny.

IVAN TOURGUÉNEFF

PREMIER AMOUR

Traduit du russe

PAR

E. HALPÉRINE-KAMINSKY

PARIS

C. MARPON ET E. FLAMMARION, ÉDITEURS

RUE RACINE, 26, PRÈS L'ODÉON

Tous droits réservés

A LA MÊME LIBRAIRIE

———

IVAN TOURGUÉNEFF

~~~~~~~

RÉCITS D'UN CHASSEUR

Un volume de la collection des Auteurs célèbres.

Prix, *franco* : 60 centimes.

———

Émile Colin. — Imprimerie de Lagny.

IVAN TOURGUÉNEFF

PREMIER AMOUR

Traduit du russe

PAR

E. HALPÉRINE-KAMINSKY

PARIS

C. MARPON ET E. FLAMMARION, ÉDITEURS

RUE RACINE, 26, PRÈS L'ODÉON

Tous droits réservés

9

PREMIER AMOUR.

Dédié à P. V. Annenkov.

Les convives étaient partis depuis longtemps. La pendule avait sonné minuit et demi;
dans la chambre ne restaient que le maître de
la maison, et ses deux amis Serguey Nikolaevitch et Vladimir Petrovitch.

Le maître sonna et ordonna d'enlever les
restes du souper.

— Ainsi c'est décidé, dit-il en s'enfonçant
plus profondément dans son fauteuil et en
allumant un cigare ; chacun de nóus doit raconter l'histoire de son premier amour. C'est
vous qui commencerez , Serguey Nikolaevitch.

Serguey Nikolaevitch, un homme rondelet,
blond, au visage un peu bouffi, regarda le
maître puis leva les yeux au plafond.

— Je n'ai pas eu de premier amour, dit-il
enfin ; j'ai directement commencé par le
second.

— Comment cela !

— Tout simplement. J'avais dix-huit ans
quand, pour la première fois, je fis la cour à
une très gentille jeune fille ; mais je la fis
comme si j'en avais déjà eu de l'expérience et
comme il m'arriva plus tard de la faire aux
autres. A vrai dire, je ne fus amoureux que la
première et dernière fois, qu'à l'âge de six ans

de ma *niania* (1). Vous vous rendez compte que de cela, il y a bien longtemps. Les détails de nos relations se sont effacés de ma mémoire ; et d'ailleurs, si je m'en souvenais, personne ne s'y intéresserait.

— Comment faire, alors ? dit le maître de la maison. Sur mon premier amour, moi non plus je n'ai rien de bien intéressant à raconter. Je ne suis tombé amoureux de personne avant de faire la connaissance d'Anna Ivanovna, ma femme actuelle ; et tout a marché pour nous comme sur des roulettes. Nos pères nous avaient fiancés d'avance Anna et moi. Nous nous sommes plu très vite et nous nous sommes mariés sans beaucoup de délai. Voilà donc mon récit fait en deux mots. Je vous avoue, Messieurs, qu'en soulevant la question du premier amour à raconter, j'attendais quelque

(1) Bonne d'enfants.

chose de vous célibataires, je ne dis pas vieux, mais je ne dis pas non plus absolument jeunes. Ce sera peut-être vous, Vladimir Petrovitch, qui aurez quelque chose d'intérressant à nous dire à ce sujet?

— Mon premier amour est en effet mêlé à des événements qui sortent de l'ordinaire, répondit avec un peu d'hésitation Vladimir Petrovitch, un homme d'une quarantaine d'années aux cheveux noirs grisonnants.

— Ah! firent d'une seule voix le maitre de la maison et Serguey Nikolaevitch. Tant mieux... Racontez.

— Soit... ou plutôt non : je ne raconterai pas, je ne suis pas un assez bon narrateur : mon récit pourrait paraître sec et court, ou bien trop détaillé et faux ; mais si vous me le permettez, j'écrirai tout ce dont je me souviens de l'histoire promise et je vous la lirai.

Les amis se refusèrent d'abord à y consentir; mais Vladimir Petrovitch tint bon. Quinze jours après, ils se réunirent de nouveau et notre narrateur s'exécuta. Voici ce qu'il avait écrit.

I

J'avais alors seize ans. C'était pendant l'été
de 1833.

Je vivais à Moscou chez mes parents. Ils
avaient loué une maison de campagne près
du mur d'enceinte de Kalouga.

Je me préparais à entrer à l'Université; mais
je travaillais peu et sans trop me presser.

Personne n'entravait ma liberté. Je faisais
ce que je voulais, surtout depuis que je m'é-
tais séparé de mon gouverneur français,
lequel ne pouvait s'habituer à l'idée qu'il était

tombé « comme une bombe » en Russie, et,
l'exaspération sur le visage, se roulait toute
la journée sur le lit.

Mon père me traitait avec une affabilité indifférente; ma mère s'occupait fort peu de
moi, quoiqu'elle n'eût pas d'autre enfant.
D'autres soucis l'absorbaient.

Mon père, un homme encore jeune et très
beau, avait épousé ma mère par intérêt. Elle
était de dix années plus âgée que lui. Elle
menait une vie assez triste : elle était constamment inquiète, jalouse, irritée, mais
jamais en présence de mon père. Elle le crai-
gnait beaucoup; quant à lui, froid et réservé,
il se tenait à distance. Je n'ai jamais vu un
homme aussi galamment calme, assuré et
impérieux.

Je n'oublierai jamais les premières semaines
que je passai dans cette maison de campagne.
Le temps était magnifique. Nous y étions

venus le 9 mai, juste le jour de Saint-Nicolas.
Je me promenais tantôt dans notre jardin,
tantôt de l'autre côté du mur d'enceinte. J'em-
portais avec moi quelques livres, — le traité
de Kaïdanov entre autres; — mais, celui-là,
je l'ouvrais rarement; je préférais me réciter
tout haut à moi-même des vers que je savais
par cœur. La sève bouillonnait en moi, et mon
cœur languissait d'une façon douce et plai-
samment romanesque. J'attendais je ne sais
quoi, je m'intimidais, je m'étonnais et j'étais
toujours sur le qui-vive. Mon imagination
vagabondait et voltigeait rapidement autour
des mêmes images, comme, à l'aube, les mar-
tinets autour du clocher.

Je devenais rêveur; je m'attristais, je pleurais même. Mais de la tristesse et des larmes
qui m'inondaient, sous l'impression d'un vers
musical ou de la beauté d'une soirée, sortait
comme une fleur de printemps, le senti-

ment joyeux d'une vie jeune et débordante.

J'avais pour mon usage un petit cheval de
selle; je le sellais moi-même et je m'en allais
seul au loin, en me lançant au galop, m'ima-
ginant être un chevalier sur l'arène. Et que
joyeusement le vent sifflait dans mes oreilles!
Ou bien tournant mon visage vers le ciel, j'enfermais sa lumière et son azur éclatant dans
mon âme ouverte.

Je me souviens qu'en ce temps, l'image
d'une femme, le fantôme de l'amour, ne se
dressait presque jamais dans mon esprit avec
des contours bien définis. Mais dans tout ce
que je pensais, dans tout ce que je ressentais
se cachait cependant un pressentiment à demi
conscient et pudique de quelque chose d'inconnu, inexprimablement doux et féminin...

Ce pressentiment, cette attente pénétrait
tout mon être; il devenait mon souffle; il cou-
lait dans toutes mes veines, dans chaque

goutte de mon sang... Le sort voulut que bientôt il devînt réalité.

Notre villa se composait d'une maison seigneuriale construite en bois avec des colonnes, et de deux pavillons bas. Le pavillon de gauche était occupé par une fabrique de papiers peints...

Plus d'une fois j'allais là pour regarder comment une dizaine de gamins mal peignés et maigres, dans des tuniques sales, aux visages bouffis de buveur, sautaient sur des leviers en bois qui pesaient sur des presses et, de cette façon, par le seul poids de leurs corps malingres, imprimaient le dessin sur le papier.

Le pavillon de droite, inoccupé, était à louer.

Un jour, — trois semaines après le neuf mai, — les volets des fenêtres de ce pavillon s'ouvrirent; des visages de femmes apparu-

rent. Une famille quelconque s'était installée
là.

Il me souvient que ce même jour, pendant
le dîner, ma mère s'enquit au majordome de
ce qu'étaient les nouveaux voisins, et ayant
entendu le nom de la princesse Zassékine, elle
dit d'abord, non sans un certain respect :

— Ah ! princesse... mais aussitôt elle
ajouta: Probablement sans fortune.

— Ils sont arrivés dans trois fiacres, remarqua avec déférence le majordome en présentant le plat ; — ils n'ont pas de voiture, et
leurs meubles sont très ordinaires.

— Oui, répondit ma mère, cependant ce
sont toujours des gens convenables.

Mon père la regarda froidement et ne dit
rien.

En effet, la princesse Zassékine ne devait
pas être bien riche: le pavillon qu'elle avait
loué était si vieux, si petit et si bas, que des

gens quelque peu aisés n'auraient jamais con-
senti à y loger.

Du reste, je ne fis alors aucune attention à
tout cela. Le titre de prince ne m'imposait pas.
J'étais encore sous l'impression de la lecture
récente des *Brigands* de Schiller.

II

J'avais l'habitude d'errer chaque soir dans notre jardin à la recherche des corbeaux. J'avais contre ces oiseaux prudents, rapaces et malins, une véritable haine.

Le jour dont je viens de parler, je me rendis, comme à l'ordinaire, dans le jardin, et, après avoir vainement inspecté toutes les allées (les corbeaux m'avaient probablement reconnu et croassaient de loin), je me rapprochai par hasard de la haie basse qui séparait notre terrain

de l'étroite bande de terre formant le jardin
du pavillon de droite.

Je marchais la tête inclinée. Tout à coup,
j'entendis des voix. Je regardai par-dessus la
haie et je restai cloué sur place. Un étrange
spectacle s'offrit à mes yeux.

A quelques pas de moi, sur la clairière,
parmi les framboisiers aux fruits encore verts,
se tenait une grande et svelte jeune fille, vêtue
d'une robe rose à raies, et portant un fichu blanc
sur la tête. Autour d'elle se pressaient quatre
jeunes gens, et, à tour de rôle, elle les frappait
sur le front avec des fleurs grises dont je ne
connais pas le nom, mais qui sont souvent dans
les mains des enfants. Ces fleurs forment de
petits sacs et se déchirent avec bruit quand on
les cogne contre un corps dur.

Les jeunes gens se soumettaient si volontiers à cette opération, et, dans les mouvements de la jeune fille (je la voyais de profil),

ily avait un je ne sais quoi de si gracieux, d'im_
périeux, de caressant, de railleur et de charmant, que je faillis jeter un cri d'étonnement
et de plaisir ; et j'aurais donné, je crois, tout
au monde pour sentir, moi aussi, sur mon front,
le choc de ces jolis doigts.

Mon fusil glissa sur l'herbe ; j'oubliai tout ;
je dévorai du regard cette silhouette élégante,
et le petit cou, et les jolies mains, et les cheveux blonds légèrement défaits sous le foulard
blanc, et cet œil intelligent à demi clos, et ces
cils, et la tendre joue qu'ils ombrageaient.

— Jeune homme ! jeune homme ! dit tout à
coup une voix auprès de moi, il est défendu
de regarder ainsi les jeunes filles étrangères.

Je tressaillis et restai comme pétrifié !...
Près de moi, de l'autre côté de la haie, un
homme, aux cheveux noirs coupés ras, se
tenait et me regardait d'un air ironique. Au
même moment, la jeune fille se tourna de mon

côté... J'aperçus de grands yeux gris dans un visage mobile et animé ; et soudain, ce visage tout entier fut éclairé par le rire. Les dents blanches étincelèrent, les sourcils s'élevèrent d'une façon drôle.

Je devins pourpre ; je relevai vivement mon fusil et, poursuivi par les rires retentissants mais sans méchanceté, je me sauvai dans ma chambre ; je me jetai sur le lit, en cachant mon visage dans mes mains.

Mon cœur battait à se rompre dans ma poitrine. J'avais très honte et en même temps je me sentais heureux ; une émotion inconnue m'agitait.

Après m'être reposé, j'arrangeai mes cheveux, je brossai mes habits et je descendis pour le thé. L'image de la jeune fille se dressait toujours devant moi. Mon cœur ne battait plus si fort ; il se serrait comme sous une pression douce.

— Qu'as-tu ? me demanda tout à coup mon père. Tu as tué un corbeau ?

J'allais lui raconter tout, mais je me retins et je ne souris qu'en moi-même.

En me couchant le soir, je fis, je ne sais pas trop pourquoi, trois fois le tour de ma chambre à cloche-pied, je pommadai mes cheveux, et enfin je me mis au lit, où, toute la nuit, je dormis comme un mort. A l'aube, je me réveillai un instant ; je soulevai la tête, je regardai autour de moi avec un transport et je me rendormis.

III

« Comment faire connaissance avec eux ! »
Telle fut à mon réveil ma première pensée.

Avant le thé, je descendis dans le jardin,
mais sans m'approcher trop près de la haie, et
je ne vis personne. Après le thé, je passai
plusieurs fois dans la rue devant la façade de
nos voisins, et, de loin, je jetai des coups
d'œil furtifs vers leurs fenêtres... Il me sembla
que son visage *à elle* était derrière le rideau
et, effrayé, je m'éloignai au plus vite.

« Cependant, il faut quand même faire connaissance, » pensai-je, en errant sans but à travers la plaine sablonneuse qui s'étendait jusqu'au pied du mur d'enceinte.

« Mais comment? Voilà la question. »

Je repassais dans mon esprit les moindres détails de notre rencontre de la veille ; je ne sais pas pourquoi, mais ce qui se représentait le plus souvent, c'était son rire au moment où elle s'était moquée de moi... et tandis que je m'agitais, et combinais différents projets, le sort avait déjà travaillé en ma faveur.

En mon absence, ma mère avait reçu de la nouvelle voisine une lettre sur papier gris, fermée par un pain à cacheter brun, de ces pains qu'on emploie seulement dans les bureaux de poste, ou pour les bouchons d'un vin bon marché. Dans cette lettre écrite en langue incorrecte, et d'une plume négligée, la princesse priait ma mère de lui accorder sa protec-

tion : ma mère, au dire de la princesse, était
en bonnes relations avec des personnages importants dans les mains desquels se trouvait
la destinée de la princesse et de ses enfants ;
et elle avait, paraît-il, de très importants procès qui dépendaient d'eux.

« Je *ma dresse* à vous, écrivait-elle, comme
une dame noble à une dame noble, et *de plu*
il *mé l'arégable* de *profité* de cet *ocassion*. »

En terminant, elle demandait à ma mère la
permission de se présenter.

Je trouvai ma mère de mauvaise humeur :
mon père n'était pas à la maison et, par conséquent, elle n'avait personne à qui demander
conseil. Ne pas répondre à « une dame noble »
et encore à une princesse, était impossible.
Mais elle ne savait pas non plus comment lui
répondre. Lui écrire un billet en français lui
semblait déplacé. Quant à l'orthographe russe,
ma mère, à son tour, n'était pas bien forte ;

elle s'en rendait compte et ne voulait pas se
compromettre.

Elle se réjouit de mon arrivée et m'ordonna
d'aller aussitôt chez la princesse et de lui expliquer de vive voix qu'elle était toujours prête
à être utile à Son Excellence et la priait de venir la voir vers une heure.

L'accomplissement, aussi inattendu et aussi
rapide, de mes désirs les plus secrets me réjouit
et m'effraya à la fois. Cependant je ne laissai
pas voir mon trouble et je montai dans ma
chambre pour mettre ma nouvelle cravate et
mon veston : à la maison, je portais encore la
veste courte et le grand col rabattu, quoique
cela commençât à me déplaire.

IV

Dans le vestibule étroit et assez mal tenu du pavillon, où j'entrai avec un frémissement involontaire de tout mon être, un vieux domestique à cheveux gris vint à ma rencontre. Son visage basané avait une teinte cuivre ; ses yeux mornes étaient petits comme ceux d'un goret, et ses tempes et son front étaient marqués de rides si profondes, que jamais je n'en ai vu ainsi.

Il portait sur une assiette une carcasse dénudée d'un hareng et, de son pied, il ferma la porte de la pièce qu'il avait ouverte derrière lui. Il me demanda d'un ton bref :

— Que désirez-vous ?

— La princesse Zassékine est-elle chez elle ? lui dis-je.

— Vonifati ! cria la voix tremblotante d'une femme à travers la porte.

Le domestique me tourna le dos, et, sur la partie qui le recouvrait, je remarquai l'usure de la livrée n'ayant au bas des reins qu'un seul bouton de cuivre à couronne, roussi par l'oxydation ; il rentra dans la pièce en posant son assiette par terre.

— Es-tu allé à la ville ? répéta la même voix de femme.

Le domestique murmura quelque chose.

— Hein ! quelqu'un est venu ! fit la même voix. Le fils des voisins ? Eh bien ! fais entrer.

— Entrez dans le salon, dit le domestique,

qui apparut de nouveau devant moi en relevant l'assiette par terre.

D'un petit coup, rapidement, je rajustai ma veste et j'entrai dans le « salon. »

Je me trouvais dans une petite chambre tout juste propre, avec un pauvre ameublement disposé comme à la hâte. Près de la fenêtre, dans un fauteuil à un bras cassé, était assise une femme d'une cinquantaine d'années, en cheveux, laide, vêtue d'une vieille robe verte, et un fichu de laine bigarrée autour du cou.

Ses petits yeux noirs semblaient vouloir me transpercer.

Je m'avançai et je saluai.

— Est-ce à madame la princesse Zassékine que j'ai l'honneur de parler ?

— Je suis la princesse Zassékine, et vous, vous êtes le fils de M. V... ?

— Parfaitement. Je suis venu chez vous de la part de ma mère.

— Asseyez-vous, je vous en prie. Vonifati, où sont mes clefs ? Tu ne les as pas vues ?

Je communiquai à Mme Zassékine la réponse de ma mère à son billet ; elle m'écouta en tapotant de ses gros doigts rouges sur la vitre, et, quand j'eus fini, elle fixa de nouveau ses yeux sur moi.

— Très bien. J'irai certainement, fit-elle enfin. Mais comme vous êtes encore jeune ! Quel âge avez-vous ? Permettez-moi de vous le demander.

— Seize ans, répondis-je, non sans un peu d'hésitation.

La princesse retira de sa poche des papiers graisseux couverts d'une fine écriture, les porta à son nez et se mit à les examiner.

— C'est un bon âge, dit-elle tout à coup en s'agitant sur son siège. Quant à vous, je vous en prie, soyez sans cérémonie ; chez nous tout est simple.

« Trop simple ! » pensai-je, en jetant, avec un dégoût involontaire, un regard sur toute la personne négligée de la princesse.

A ce moment, une autre porte du salon s'ouvrit vivement, et sur le seuil apparut la jeune fille que j'avais vue, la veille, au jardin. Elle fit un geste de la main, et sur son visage passa un sourire.

— Et voilà ma fille ! dit la princesse en la désignant du coude. Zinotchka (1), c'est le fils de notre voisin M. V... Quel est votre petit nom, s'il vous plaît ?

— Vladimir, répondis-je en me levant et en baissant la voix d'émotion.

— Et d'après votre père ? (2)

(1) Diminutif de Zénaïde.
(2) En Russie, ce n'est pas par le nom de famille que l'on désigne un individu, si l'on veut être poli ;

— Petrovitch.

— Vraiment? Eh bien ! j'ai connu un haut fonctionnaire de la police qui s'appelait aussi Vladimir Petrovitch. Vonifati ! ne cherche plus les clefs, elles sont dans ma poche.

La jeune fille continuait à me regarder avec le même sourire, les yeux à demi fermés et la tête légèrement inclinée sur le côté.

— J'avais déjà vu monsieur Valdemar, fit-elle. (Le son argentin de sa voix me courut dans tout le corps comme une douce fraîcheur.) Vous me permettez de vous appeler ainsi ?

— Comment donc ! murmurai-je.

— Où as-tu déjà vu Monsieur? demanda la princesse.

La jeune fille ne répondit pas.

---

c'est par son petit nom et le petit nom de son père ; comme dans le cas où nous disons : Vladimir *Petro-vitch*, c'est-à-dire : fils de Petr.

— Êtes-vous pressé en ce moment? demanda-t-elle sans me quitter des yeux.

— Nullement.

— Voulez-vous m'aider à dévider de la laine? Venez avec moi dans ma chambre.

Elle me fit une nouvelle invitation de la tête et sortit du salon. Je la suivis.

Dans la chambre où nous entrâmes, les meubles étaient rangés avec plus de goût que dans le salon. D'ailleurs, en ce moment, je n'étais à même de rien examiner, je marchais comme dans un rêve, plein d'une félicité qui allait jusqu'à me rendre stupide.

La jeune princesse s'assit, prit un écheveau de laine rouge, et, en me désignant une chaise devant elle, dénoua la laine avec soin et me la mit sur les mains. Elle fit tout cela silencieusement, avec une lenteur amusante et le même sourire à la fois serein et malicieux sur ses lèvres légèrement entr'ouvertes. Quand ses yeux, presque constamment à demi fermés s'ouvraient de toute leur grandeur, son visage changeait complètement. On aurait dit qu'un rayon illuminait cette physionomie.

— Qu'avez-vous pensé de moi hier, monsieur Valdemar? demande-t-elle après un silence. — Vous m'avez probablement mal jugée.

— Moi!... Princesse... Je n'ai rien pensé... Comme pourrais-je?... répondis-je tout confus.

— Ecoutez, reprit-elle, vous ne me connaissez pas encore : je suis très étrange. Je veux qu'on me dise toujours la vérité. Je viens d'apprendre que vous avez seize ans; moi j'en ai vingt et un, — vous voyez que je suis beaucoup plus âgée que vous; et, par conséquent, vous devez me dire toujours la vérité... et m'obéir, ajouta-elle. Regardez-moi. Pourquoi ne me regardez-vous pas?

Je me troublai encore davantage, mais je levai quand même mes yeux sur elle. Elle sourit, non pas comme auparavant, mais d'un sourire approbatif.

— Regardez-moi, dit-elle d'une voix tendre et basse, cela ne m'est nullement désagréable. Votre visage me plaît ; j'ai le pressentiment que nous serons amis ; et moi, est-ce que je vous plais ? ajouta-t-elle malicieusement.

— Princesse... allais-je commencer.

— D'abord, appelez-moi Zinaïda Alexandrovna; ensuite — suivant l'habitude des enfants — des jeunes gens, je veux dire, n'essayez pas de cacher ce que vous ressentez ; laissez cela aux grandes personnes. Je vous plais, n'est-ce pas ?

Quoi qu'il me fût très agréable qu'elle me parlât si franchement, je me sentis comme un peu offensé. Je voulais lui prouver qu'elle n'avait pas affaire à un gamin ; et prenant autant

3

que possible un air sérieux et d'aplomb, je lui
dis :

— Certes, vous me plaisez beaucoup; Zinaï_
da Alexandrovna, je ne vous le cache pas.

Lentement elle hocha la tête avec un sem-
blant d'ironie.

— Vous avez un gouverneur, n'est-ce pas?
demanda-t-elle tout à coup.

— Non, il y a longtemps que je n'ai plus de
gouverneur.

Je mentais; il n'y avait qu'un mois que je
m'étais séparé de mon Français.

— Oh! mais vous êtes un grand, je vois.

Elle tapa légèrement sur mes doigts.

— Tenez bien vos mains, — et elle se remit
à pelotonner avec ardeur.

Je profitai de ce qu'elle ne levait pas les
yeux pour l'examiner d'abord furtivement,
puis avec plus de hardiesse. Son visage m'apparut encore plus charmant que la veille.

Tout en elle était si fin, si intelligent et si attrayant.

Elle était assise le dos tourné à la fenêtre, que voilait un store blanc. Le rayon de soleil, qui pénétrait à travers l'étoffe, inondait d'une lumière douce ses cheveux d'un blond doré, son cou virginal, ses épaules tombantes et le calme de son buste gracieux.

Je la regardais, et combien elle me devenait chère et intime! Il me semblait que je la connaissais déjà depuis longtemps; et qu'auparavant, je n'avais pas encore vécu et n'avais rien connu!...

Elle était vêtue d'une robe sombre, défraîchie, recouverte d'un tablier. J'aurais volontiers baisé chaque pli de cette robe et de ce tablier. Le bout de ses bottines regardait de dessous la jupe. Je me serais incliné avec adoration devant ces bottines...

« Et voilà que je suis assis devant elle! pen-

sais-je, j'ai fait sa connaissance. Quel bonheur, mon Dieu ! »

Je faillis sursauter de transport sur ma
chaise, mais je ne fis qu'agiter les jambes
comme un enfant qui goûte quelque chose de
bon.

Je me sentais heureux comme le poisson
dans l'eau, et, de tout un siècle, je n'aurais
pas quitté ma place, je ne serais pas sorti de
cette chambre.

Ses paupières se levèrent doucement ; et, de
nouveau, luirent devant moi ses yeux limpides ;
et, de nouveau, elle sourit.

— Comme vous me regardez ! dit-elle lentement. Et elle me menaçait de son doigt.

Je rougis.

« Elle comprend tout ; elle voit tout, pensais-je. Et comment ne comprendrait-elle pas
et ne verrait-elle pas tout ? »

Soudain, une rumeur se fit entendre dans

la chambre voisine : un bruit de sabre retentit.

— Zina ! cria du salon la princesse, Belovzorov t'apporte un petit chat.

— Un petit chat ! s'écria Zinaïda. Et se levant vivement de sa chaise, elle jeta le peloton sur mes genoux et s'enfuit.

Je me levai également, et, déposant le peloton et l'écheveau sur l'appui de la fenêtre, j'entrai dans le salon et je m'arrêtai stupéfait. Au milieu de la chambre était étendu, les pattes alongées, un petit chat rayé. Zinaïda était devant lui à genoux et soulevait doucement son petit museau. Plus loin, auprès de la princesse, et couvrant presque toute la partie du mur entre les deux fenêtres, se tenait un gaillard blond et frisé, un hussard au visage rose et aux yeux à fleur de tête.

— Qu'il est drôle ! répétait Zinaïda. Et ces yeux qui ne sont pas gris mais verts, et ces oreilles qui sont si grandes! Merci, Victor Egorytch, vous êtes charmant.

Le hussard, dans lequel je reconnus l'un des jeunes gens que j'avais vus la veille, sourit et s'inclina en faisant résonner ses éperons et les anneaux de son sabre.

— Vous avez daigné dire hier que vous désiriez avoir un chat rayé avec de grandes oreilles... je me le suis procuré. Votre parole, c'est la loi. Et il s'inclina de nouveau.

Le jeune chat miaula faiblement et se mit à flairer le parquet.

— Il a faim! s'écria Zinaïda. Vonifati! Sonia! apportez du lait.

La femme de chambre, dans une vieille robe jaune, avec un foulard déteint sur le cou, entra en portant une soucoupe pleine de lait qu'elle déposa devant le chat. La petite bête tressaillit et se mit à laper.

— Que sa langue est rose! remarqua Zinaïda

en penchant sa tête presque jusqu'à terre et
en regardant l'animal sous le nez.

Le chat, une fois rassasié, se mit à ron-
ronner et à minauder de ses petites pattes.
Zinaïda se leva et, s'adressant à la femme de
chambre, lui dit avec indifférence :

— Emporte-le.

— Votre petite main pour le chat, dit le
hussard en montrant toutes ses dents dans un
sourire, et avec des dandinements de tout
son torse robuste que sanglait un uniforme
neuf.

— Les deux, répondit Zinaïda en lui tendant
ses mains. Pendant qu'il les embrassait, elle
me regardait par-dessus l'épaule.

Je demeurai immobile à ma place, et je ne
savais si je devais rire, dire quelque chose ou
garder le silence.

Tout à coup, par la porte entr'ouverte du
vestibule, j'aperçus la silhouette de notre

laquais Fédor. Il me faisait des signes... J'allai
machinalement vers lui.

— Que veux-tu? lui demandai-je.

— Votre mère vous a envoyé chercher, me
dit-il à voix basse. Madame est fâchée que
vous ne lui ayez pas encore rapporté la
réponse.

— Mais y a-t-il donc si longtemps que je
suis ici?

— Plus d'une heure !

— Plus d'une heure ! me répétai-je. Et, revenant dans le salon, je commençai à faire
mes salutations.

— Où allez-vous? demanda Zinaïda en me
regardant par-dessus le hussard.

— Je suis forcé de rentrer... Alors je dirai,
continuai-je en m'adressant à la vieille princesse, que vous viendrez nous voir vers une
heure.

— C'est cela, petit père.

La princesse prit vivement du tabac dans sa tabatière et prisa avec tant de bruit que j'en tressautai.

— C'est cela, répéta-t-elle en clignant ses yeux larmoyants et avec une petite toux geignarde.

Je saluai de nouveau ; je tournai sur mes talons et je sortis de la chambre avec ce sentiment de malaise dans le dos, qu'éprouve un très jeune homme, quand il sait que derrière lui des regards le suivent.

— Ainsi c'est convenu, monsieur Valdemar, n'oubliez pas de venir nous voir ! cria Zinaïda toujours en riant.

« Pourquoi rit-elle toujours ? » pensai-je en revenant vers la maison, accompagné de Fédor qui ne me disait rien, mais qui me suivait d'un air de désapprobation.

Ma mère me gronda et s'étonna de ce que j'avais pu rester si longtemps chez cette princesse. Je ne lui répondis rien et je me retirai dans ma chambre. Une tristesse m'envahit tout à coup... Je me retenais pour ne pas pleurer... j'étais jaloux du hussard !

V

Comme elle l'avait promis, la princesse vint nous rendre visite et ne plut pas à ma mère.

Je n'assistai pas à leur entrevue ; mais à table, ma mère racontait à mon père que cette princesse Zassékine lui semblait une femme très vulgaire ; qu'elle l'avait ennuyée avec ses prières pour intercéder en sa faveur auprès du prince Serguey, et qu'elle avait sans cesse des procès, de vilaines affaires d'argent ; qu'elle devait être une grande intrigante. Ma

mère ajouta cependant qu'elle l'avait invitée
à dîner pour le lendemain, elle et sa fille (en
entendant les mots *sa fille* je plongeai mon
nez dans mon assiette), car enfin elle était une
voisine et elle portait un titre.

A cela mon père déclara qu'il se souvenait
maintenant de ce qu'était cette dame ; dans sa
jeunesse, il avait connu le défunt prince Zassékine, un homme d'excellente éducation, mais
un homme vide et léger ; qu'on l'appelait
dans le monde le Parisien, parce qu'il avait
habité longtemps Paris ; il était très riche,
mais il avait perdu toute sa fortune au.jeu ;
puis, on ne sait pas pourquoi (peut-être est-ce
l'argent qui l'avait tenté, quoiqu'il eût pu
mieux choisir), ajouta mon père avec un sourire froid, il épousa la fille d'un certain petit
fonctionnaire, et, après le mariage, il se mit à
spéculer et il acheva de se ruiner complètement.

— Pourvu qu'elle ne cherche pas à nous emprunter de l'argent! dit ma mère.

— Il est probable au contraire qu'elle le cherche, fit tranquillement mon père ; parle-t-elle le français ?

— Très mal.

— Hum ! Du reste, cela importe peu. Tu m'as dit, je crois, que tu as aussi invité sa fille. On m'a assuré que c'était une jeune fille charmante et instruite.

— Ah ! dans ce cas, elle ne ressemble pas à sa mère.

— Ni à son père non plus, répondit mon père ; celui-là était instruit aussi, mais sot.

Ma mère soupira et resta rêveuse. Mon père se tut. Je me sentais très mal à l'aise pendant cette conversation.

Après le dîner, j'allai dans le jardin, mais sans fusil. Je me promis d'abord de ne point me rapprocher du jardin des Zassékine ; mais

une force irrésistible m'entraîna de ce côté, et
ce ne fut pas en vain. A peine me trouvais-je
auprès de la haie, que j'aperçus Zinaïda.
Cette fois elle était seule : elle tenait entre ses
mains un livre et suivait lentement le sentier.
Elle ne me remarquait pas.

Je faillis la laisser passer outre. Mais tout à
coup je me ravisai et je toussotai.

Elle se retourna mais ne s'arrêta pas, et,
écartant de sa main le large ruban bleu de son
chapeau de paille rond, elle me regarda, sourit
doucement et, de nouveau, fixa ses yeux sur
le livre.

J'ôtai ma casquette, et, après quelques pié-
tinements sur place, je m'éloignai le cœur
gros.

« Que suis-je pour elle ? » pensai-je, Dieu sait
pourquoi, en français.

Un pas que je reconnus se fit entendre
derrière moi. Je me retournai. Mon père, de

sa démarche rapide et légère, s'approcha de
moi.

— C'est la jeune princesse? me demanda-
t-il.

— Oui, papa.

— Tu la connais donc?

— Je l'ai vue ce matin chez sa mère.

Mon père s'arrêta, et, faisant un tour sur
ses talons, il s'en retourna.

Quand il fut arrivé à l'endroit où passait
Zinaïda, il la salua poliment ; elle, également,
le salua, non sans quelque étonnement sur le
visage, et elle abaissa le livre. Je voyais qu'elle
suivait mon père des yeux.

Toujours très coquet, quoique très simple
dans sa mise, mon père avait une manière
d'être à lui pleine d'élégance ; mais jamais
plus qu'en ce moment, sa silhouette ne m'avait
semblé élancée, son chapeau gris posé d'une
façon plus gracieuse sur ses cheveux bou-

clés, à peine un peu plus rares qu'autrefois.

J'allais me diriger vers Zinaïda ; mais elle ne me remarqua même pas, leva de nouveau son livre et s'éloigna.

VI

Toute la soirée et le lendemain matin je restai dans une sorte de torpeur triste.

Il me souvient que j'essayai de travailler et je me mis à mon Kaïdanov ; c'était en vain que les larges lignes et les pages du célèbre traité passaient devant mes yeux. Dix fois de suite je lus ces mots : « Jules César se distinguait par une bravoure guerrière. » Je ne comprenais rien, et je jetai le livre.

Avant le dîner, je me pommadai de nouveau

4

et, de nouveau, je remis mon veston et ma cravate.

— Pourquoi ce costume ? demanda ma
mère ; tu n'es pas encore un étudiant et Dieu
sait même si tu passeras les examens. Et puis
y a-t-il si longtemps qu'on t'a fait une nouvelle
veste ? Il faut bien que tu la portes.

—Il y aura des invités ! murmurai-je presque avec désespoir.

— Quelle sottise ? Ce ne sont pas là des
invités !

Il fallait se soumettre. Je remis ma veste,
mais je n'ôtai pas ma cravate.

La princesse et sa fille arrivèrent une demi-
heure avant le dîner. La mère, par-dessus la
robe verte que je connaissais déjà, avait jeté
un châle jaune et mis sur sa tête un bonnet à
l'anciennne mode avec des rubans couleur de
feu.

Elle se mit aussitôt à parler de ses billets

souscrits, geignit, se lamenta sur sa pauvreté,
« pleurnicha », et se montra tout à fait sans
façon : elle prisait aussi bruyamment son
tabac, elle s'agitait sur son siège aussi librement que chez elle. Elle ne semblait même
pas se douter qu'elle était une princesse.

En revanche, Zinaïda se tenait très grave,
presque hautaine, comme une vraie princesse.
Sur son visage apparaissaient une morgue et
une immobilité froide, au point que je ne la
reconnaissais pas. Je ne retrouvais ni ses
regards, ni son sourire, quoique sous ce nou-
vel aspect elle me parût aussi belle. Elle était
vêtue d'une légère robe de barège avec des
rayures bleu de ciel. Ses cheveux tombaient
en longues boucles de chaque côté de ses joues,
à la mode anglaise. Cette coiffure allait très
bien à l'expression froide de son visage.

Mon père était assis auprès d'elle pendant
le dîner, et, avec la politesse calme et gracieuse

qui lui était propre, il s'occupait de sa voisine.
Parfois il la regardait. Elle lui jetait de temps
à autre un regard, mais si étrange ! on aurait
presque dit haineux.

La conversation avait lieu en français. Je
me souviens que ce qui me frappa, ce fut la
pureté de la prononciation de Zinaïda.

La princesse ne se gênait pas plus pendant
le dîner qu'avant, mangeait beaucoup et louait
les mets. Sa présence pesait visiblement à ma
mère, qui lui répondait avec une sorte de
dédain attristé. Mon père fronçait parfois le
sourcil.

Zinaïda ne plut pas non plus à ma mère.

— Comme elle est orgueilleuse ! dit-elle de
la jeune fille le lendemain ; et on se demande
de quoi elle peut être si fière, avec sa mine de
grisette !

— Tu n'as jamais vu probablement de gri-
settes ! lui fit remarquer mon père.

— Grâce à Dieu ! non.

— Grâce à Dieu, certainement, alors comment peux-tu en parler ?

Zinaïda ne fit aucune attention à moi.

Peu après le dîner, la princesse nous fit ses adieux.

— Je compte donc sur votre protection, Maria Nicolaevena et Petr. Vassilevitch, dit-elle d'un ton traînant à mes parents ; que faire ! j'ai eu mon temps, mais il est passé. Ainsi me voilà, moi, une Excellence, ajouta-t-elle avec un rire forcé ; à quoi cela m'avancera-t-il ? Quand il n'y a pas de quoi manger !

Mon père la salua respectueusement et la conduisit jusqu'à la porte du vestibule. Je me tenais également là, dans ma courte veste, et je regardais par terre comme un condamné à mort. La manière d'être de Zinaïda à mon égard m'avait complètement tué ; mais quel ne fut pas mon étonnement quand, en passant auprès de moi, elle me dit vivement, à voix basse et avec la même expression de tendresse que je lui connaissais déjà :

— Venez chez nous à huit heures du soir, entendez-vous ; venez absolument.

Mes bras s'écartèrent d'étonnement, mais déjà elle était sortie en couvrant sa tête d'un fichu blanc.

VII

Juste à huit heures du soir, vêtu de mon veston et les cheveux en coques sur le front, j'entrai dans le vestibule du pavillon qu'habitait la princesse. Le vieux domestique me regarda d'un air morne et ne montra pas un grand empressement à se lever du banc.

On entendait dans le salon des voix joyeuses. J'ouvris la porte et me reculai de stupeur.

Au milieu de la chambre, Zinaïda se tenait debout sur une chaise et avait à la main un chapeau d'homme. Autour de la chaise se pressaient cinq jeunes gens ; ils cherchaient à plonger leurs bras dans le chapeau tandis qu'elle le soulevait en l'agitant avec force.

En m'apercevant, elle me cria :

— Attendez, attendez, un nouveau venu ! Il faut lui donner aussi un billet, et, sautant prestement de la chaise, elle me prit par la manche de mon veston.

— Venez donc, fit-elle. Pourquoi restez-vous là ? Messieurs, permettez-moi de vous présenter M. Valdemar, le fils de notre voisin ; et me désignant à tour de rôle chacun de ses invités :

— Le comte Malevsky, le docteur Louchine, le poète Maïdanov, le capitaine en retraite Niermatsky et Belovzorov, le hussard que vous avez déjà vu. Je vous prie de sympathiser et de vous entendre.

J'étais à ce point intimidé que je ne saluai

même personne. Dans le docteur Louchine, je reconnus le même monsieur brun qui m'avait si impitoyablement fait honte au jardin. Les autres m'étaient inconnus.

— Comte, reprit Zinaïda, écrivez donc le le nom de M. Valdemar sur un billet.

— Mais c'est injuste ! répondit avec un léger accent polonais le comte Maievsky, un très beau brun élégamment vêtu, aux yeux noirs expressifs, au nez blanc effilé, avec de minces moustaches au-dessus d'une toute petite bouche. — Monsieur n'a pas joué avec nous aux *fants* (1).

— Injuste ! répétèrent Belovzorov et le monsieur qu'on m'avait présenté comme un capitaine en retraite, un homme d'une quarantaine d'années, marqué jusqu'à la laideur de petite vérole, frisé comme un Arabe, un

(1) Jeu de société où l'on donne des gages.

peu voûté, avec des jambes cagneuses, vêtu d'un uniforme militaire déboutonné et sans épaulettes.

— Faites le billet, vous dit-on, répéta la jeune fille. Que signifie cette désobéissance ? Monsieur Valdemar se trouve parmi nous pour la première fois et il n'y a pas de loi pour lui aujourd'hui. Et pas de grognements, écrivez ; je le veux.

Le comte haussa les épaules, mais baissa la tête d'un air de soumission, prit la plume dans sa main blanche ornée de bagues, arracha un morceau de papier et se mit à écrire.

— Permettez au moins qu'on explique à M. Valdemar de quoi il s'agit, fit Louchine d'une voix railleuse ; car il semble tout à fait désorienté. Voyez-vous, jeune homme, nous jouons aux *fants*. La princesse doit payer une amende, et celui qui tirera le bon billet

aura le droit de lui baiser la main. Compre-
nez-vous ce que je vous dis ?

Je ne fis que le regarder et je continuai à
rester comme abasourdi, tandis que la princesse remontait de nouveau sur la chaise, et,
de nouveau, se mettait à agiter le chapeau.

Tous se rendirent vers elle, et moi après les
autres.

— Maïdanov, dit la jeune fille à un grand
jeune homme au visage maigre, aux petits
yeux malades et portant des cheveux noirs,
très longs, — c'était le poète, — comme poète
vous devez être généreux ; cédez votre billet
à M. Valdemar pour qu'il ait deux chances au
lieu d'une.

Mais Maïdanov hocha négativement la tête
et, d'un coup, rejeta en arrière ses longs cheveux.

Après les autres, je mis ma main dans le
chapeau ; je pris un billet que je déployai...

Seigneur! qu'advint-il de moi quand je vis écrit ce mot : « Le baiser !... »

— Le baiser! m'écriai-je malgré moi.

— Bravo! il a gagné! cria à son tour la princesse. J'en suis bien aise. Elle descendit de la chaise et me regarda dans les yeux d'un air si doux et si serein que mon cœur en défaillit de joie. — Et vous, êtes-vous content? me demanda-t-elle.

— Moi?... je le suis, murmurai-je.

— Vendez-moi votre billet, fit tout à coup au-dessus de mon oreille Belovzorov. Je vous donne cent roubles.

Je répondis au hasard, d'un regard si indigné, que Zinaïda se mit à frapper des mains, tandis que Louchine s'écria :

— Bravo! Mais, continua-t-il, comme maître des cérémonies, je suis obligé de veiller à l'exécution de toutes les règles.

M. Valdemar, mettez genou en terre, c'est la règle chez nous.

Zinaïda s'arrêta devant moi en penchant légèment la tête de côté comme si elle voulait mieux m'examiner et me tendit la main d'un air grave. Ma vue se troubla ; je voulais me baisser sur un genou, je tombai sur les deux et touchai si maladroitement le bout des doigts de Zinaïda, que je m'écorchai légèrement le bout du nez au choc de son ongle.

— Voilà qui est bien ! s'écria Louchine en m'aidant à me relever.

Le jeu des *fants* continua. Zinaïda me fit asseoir auprès d'elle. Quelles sortes d'amendes ne trouvait-elle pas? Il lui arrivait, entre autres, de représenter une statue et elle se choisissait comme piédestal le repoussant Niermatsky, lui ordonnant de se baisser en présentant son dos et en cachant son visage dans sa poitrine.

Les rires ne cessaient pas un instant. Moi,
garçon élevé dans la solitude et dans la gra-
vité, grandi dans la maison ordonnée d'une
famille nobiliaire, tout ce bruit, ce brouhaha,
cette joie sans façon d'écoliers en révolte,
cette intimité insolite avec des jeunes gens
inconnus, me montaient à la tête. J'étais tout
simplement enivré comme par les vapeurs
du vin.

Je me mis à rire, à bavarder plus haut que
les autres, avec tant d'entrain que la vieille
princesse elle-même, qui était assise dans la
pièce voisine avec quelque petit clerc d'avoué
appelé pour une consultation, sortit pour me
contempler.

Mais je me sentais à tel point heureux que,
suivant notre manière de dire, *je ne soufflais
pas dans mes moustaches* et ne faisais attention ni aux railleries ni aux regards de travers
de personne.

Zinaïda continuait à me témoigner sa préfé-
rence et ne me laissait pas m'éloigner.

Dans une amende, il m'arriva d'être assis à
côté d'elle, tous deux recouverts du même
foulard de soie. Je devais lui dire *mon secret.*
Je me souviens que nos deux têtes se trouvè-
rent tout à coup dans une demi-obscurité
étouffante et odorante, et que dans cette obscurité ses yeux brillaient doucement très près
de moi, et ses lèvres entr'ouvertes avaient une
respiration chaude ; je voyais ses dents, et le
bout de ses cheveux me brûlait et me chatouil-
lait. Je ne disais rien. Elle souriait d'un air
mystérieux et malicieux ; enfin elle murmura :
« Eh bien! quoi? » Mais moi, je ne fis que
rougir, rire et, osant à peine respirer, je détournai la tête.

Les *fants* finirent par fatiguer. Nous nous
mîmes à jouer au petit cordon. Mon Dieu!
quel transport je ressentis quand, distrait du

jeu, je reçus d'elle un coup fort et sec sur les
doigts. Et quand, après, j'essayais de faire
exprès le distrait, elle m'agaçait et ne touchait
plus mes mains, que j'avais beau mettre en
avant!...

Et là ne se bornèrent pas tous les amuse-
ments de cette soirée. On joua du piano, et
l'on chanta, et l'on dansa, et l'on représenta
un camp de Tziganes. On travestit Niermatsky
en ours, et on lui fit boire de l'eau salée. Le
comte Malevsky nous fit toutes sortes de tours
de cartes et, après avoir battu un jeu, finit par
composer un whist où il avait tous les atouts
pour lui. Sur quoi Louchine « eut l'honneur »
de le féliciter.

Maïdanov nous déclama des extraits de son
poème : *l'Assassin* (la chose se passait dans le
temps le plus ardent du romantisme), poème
qu'il avait l'intention de publier, revêtu d'une
couverture noire avec un titre couleur de sang.

On vola le chapeau du clerc d'avoué sur ses genoux, et on le força en guise de rançon à danser le kazatchok (1). On affubla le vieux Vonifati d'un bonnet de femme, et la jeune princesse mit un chapeau d'homme... Bref, mille autres choses à n'en plus finir de les énumérer. Seul, Belovzorov se tenait la plupart du temps dans un coin, l'air morne et fâché... Parfois ses yeux s'injectaient de sang ; il devenait pourpre, et semblait prêt à se jeter sur nous pour nous disperser à droite et à gauche comme des éclats. Mais Zinaïda n'avait qu'à tourner le regard de son côté, le menacer du doigt, et tout aussitôt il se blottissait dans son coin.

Enfin, nous étions à bout de forces. La vieille princesse elle-même, toute gaillarde qu'elle était, suivant sa propre expression (aucun sabbat ne pouvait la troubler), com-

(1) Danse nationale russe.

mençait cependant à ressentir aussi la fatigue et parlait de repos.

A minuit, on servit le souper composé d'un vieux morceau de fromage sec et de quelques pâtés froids de jambon haché qui me semblèrent plus délicieux que n'importe quelle fine pâtisserie. Il n'y avait qu'une seule bouteille au goulot bombé, et le vin qu'elle contenait, d'une couleur sombre, étrange, conservait l'odeur de la drogue quelconque qui avait servi à le colorer. D'ailleurs, personne n'en but.

Fatigué, heureux jusqu'à l'épuisement, je sortis du pavillon. En nous séparant, Zinaïda me serra fortement la main et de nouveau sourit d'un air énigmatique.

L'air de la nuit souffla pesamment et avec fraîcheur sur mon visage échauffé. Il semblait qu'un orage se préparait. Les nuages noirs grandissaient et rampaient sous le ciel, avec

des changements incessants dans leurs contours vaporeux. Une brise fiévreuse tressaillait dans le sombre feuillage des arbres, et
quelque part, au loin, au delà de l'horizon,
grondait comme en lui-même, un tonnerre
menaçant et sourd.

Je rentrai dans la maison par l'escalier de
service et je me glissai dans ma chambre. Mon
diadka (1) dormait par terre et je devais enjamber par-dessus lui. Il se réveilla et, en
m'apercevant, il me dit que ma mère était de
nouveau fâchée contre moi et voulait m'en-
voyer chercher ; mais mon père l'avait retenue.
J'avais l'habitude de n'aller jamais me coucher
sans souhaiter bonne nuit à ma mère en lui
demandant sa bénédiction ; mais ce soir-là,
impossible !

(1) Domestique chargé spécialement du service et
de la surveillance des enfants dans les anciennes mai-
sons seigneuriales.

Je dis à mon diadka que je me déshabillerais
et me coucherais seul, et j'éteignis la bougie.
Mais je ne me déshabillai pas et je ne me couchai pas.

Je m'assis sur une chaise et longtemps je
restai comme dans un enchantement. Ce que
je ressentais était si nouveau et si doux !...
J'étais sans mouvement; à peine regardais-je
autour de moi; je respirais lentement, et seulement de temps à autres; tantôt je riais aux
souvenirs, tantôt j'éprouvais un froid intérieur
à la pensée que j'aimais, et que cet amour
tant attendu, voilà ce qu'il était... Le visage
de Zinaïda flottait doucement devant moi dans
l'obscurité. Il flottait et ne disparaissait pas.
Ses lèvres avaient toujours leur sourire énigmatique; ses yeux me regardaient un peu de
côté, d'un air à la fois interrogateur, rêveur
et tendre... comme au moment où je m'é-
tais séparé d'elle.

Enfin, je me levai, je m'approchai de mon lit sur la pointe des pieds, et, doucement, sans me déshabiller, je posai ma tête sur l'oreiller, comme si je craignais de déranger, par un mouvement brusque, tout ce dont mon âme était remplie...

Je me couchai, mais je ne fermai pas mes yeux. Bientôt, je remarquai que, dans ma chambre, une lumière projetait des reflets. Je me soulevai et regardai la fenêtre. Son châssis ressortait sur la lueur vaguement blanchâtre et mystérieuse des vitres.

« L'orage, » pensai-je. Et, en effet, c'était l'orage ; mais il passait au loin et l'on n'entendait même pas le tonnerre. Les éclairs seuls sillonnaient le ciel d'une lueur longue et blafarde qui n'éclatait pas, mais plutôt tressautait et se débattait comme l'aile d'un oiseau mourant.

Je me levai ; je m'approchai de la fenêtre

et je restai là jusqu'au matin. Les éclairs ne
cessèrent pas un instant. C'était une de ces
nuits que le peuple russe appelle « la nuit des
moineaux ».

Je regardai la plaine sablonneuse et muette,
la sombre masse du jardin Neskoutchny, les
façades jaunâtres des bâtiments lointains qui
semblaient, eux aussi, tressaillir sous l'étin-
celle de chaque faible éclair... Je regardais et
je ne pouvais pas m'arracher à ce spectacle ; ces éclairs muets, ces lueurs retenues
semblaient répondre aux élancements silen-
cieux et secrets qui agitaient aussi mon âme.

Le jour commençait à poindre ; l'aube
apparaissait avec des taches rouges ; à l'ap-
proche du soleil, les éclairs pâlissaient et
diminuaient de plus en plus ; ils tremblaient
plus rarement, et s'évanouirent enfin noyés
dans la lumière saine et nette du jour revenu.

En moi aussi, les éclairs disparurent. Je

sentis une grande fatigue et un calme... Mais
l'image de Zinaïda continuait à s'agiter en
triomphant dans mon âme. Seulement cette
image elle-même semblait aussi tranquillisée :
comme un cygne qui s'envole des herbes ma-
récageuses, elle se détachait des autres sil-
houettes disgracieuses qui l'entouraient ; et
moi, en m'endormant, je me penchai vers elle
pour la dernière fois dans une adoration con-
fiante d'adieu...

O doux sentiment ! tendre son ! la bonté et
la paix d'une âme touchée, la joie fondante
des premiers attendrissements de l'amour !...
où êtes-vous ? où êtes-vous ?

VIII

Le lendemain matin, quand je descendis pour le thé, ma mère me gronda — moins cependant que je m'y attendais, — et me força de lui raconter de quelle façon j'avais passé la soirée de la veille. Je lui répondis en quelques mots, en omettant nombre de détails et en tâchant de donner à mon récit la tournure la plus insignifiante.

— N'importe, ce ne sont pas des gens comme il faut, remarqua ma mère, et tu ne dois pas prendre l'habitude d'aller chez eux.

Tu ferais mieux d'étudier pour te préparer à ton examen.

Comme je savais que les soucis de ma mère sur mes occupations devaient se borner à ces quelques paroles, je ne trouvai pas nécessaire de la contredire. Mais, après le thé, mon père me prit sous le bras, et, sortant avec moi dans le jardin, il me força à lui raconter tout ce que j'avais vu chez les Zassékine.

Mon père avait sur moi une étrange influence, et étranges étaient nos rapports. Il ne s'occupait presque pas de mon éducation, mais jamais il ne me blessait dans mon amour-propre. Il respectait ma liberté ; il était même, si on peut s'exprimer ainsi, poli avec moi... seulement il ne m'attirait jamais vers lui. Je l'aimais, je l'admirais, il me semblait un modèle de perfection. Eh ! mon Dieu ! avec quelle ardeur je me serais attaché à lui, si je n'eusse senti sans cesse sa main qui m'écartait ! En

r evanche, quand il voulait, il pouvait presque
instantanément, d'un mot, d'un mouvement,
faire naître en moi une confiance sans bornes.
Mon âme s'ouvrait. Je bavardai avec lui
comme avec un ami raisonnable, un guide
condescendant... Puis, presque aussitôt, avec
la même brusquerie, il m'abandonnait, et, de
nouveau, sa main m'écartait doucement, ten-
drement, mais elle m'écartait.

Parfois, la gaîté le prenait, et alors, il était
prêt à courir et à faire l'espiègle avec moi
comme un écolier. (Il aimait tous les exercices
du corps.) Une fois, une fois seulement, il me
caressa avec une telle tendresse que je faillis
en pleurer... Mais sa gaîté et sa tendresse
disparurent sans trace, et ce qui se passa entre
nous ne devait me laisser aucune espérance
pour l'avenir; on eût dit que je l'avais vu
dans un rêve. Il m'arrivait de me mettre à examiner son pur visage intelligent et beau... Mon

cœur tressaillait et tout mon être allait vers lui. Il semblait deviner ce qui se passait entre moi, me tapotait la joue en passant, et s'en allait, ou bien s'occupait de quelque chose, ou se raidissait tout à coup comme lui seul savait le faire; et moi, de mon côté, je me resserrais aussitôt et je devenais froid.

Ce n'étaient jamais mes prières silencieuses, mais pourtant faciles à comprendre, qui provoquaient ses rares accès d'affection. Ils se produisaient toujours d'une façon inattendue. Plus tard, en réfléchissant au caractère de mon père, je suis arrivé à cette conclusion que la vie de famille ne l'intéressait guère. Il aimait autre chose, et il prit à cette autre chose toutes les jouissances qu'elles pouvaient lui donner.

— Prends ce que tu peux, mais ne te laisse jamais prendre toi-même. S'appartenir, c'est là tout le « truc » de la vie, me dit-il un jour.

Une autre fois, moi, en ma qualité de jeune démocrate, je me lançai en sa présence dans une dissertation sur la liberté. (Il était ce jour-là, comme je l'appelais, « bon » ; alors on pouvait parler de tout avec lui).

— La liberté ! dit-il, mais sais-tu ce qui peut donner à l'homme la liberté ?

— Quoi ?

— Sa volonté ! sa propre volonté. Elle lui donnera le pouvoir qui vaut mieux que la liberté. Sache vouloir, et tu seras libre, et tu commanderas.

Mon père, avant tout et plus que tout, voulait vivre et il vivait... Peut-être pressentait-il qu'il n'avait pas longtemps à profiter du « truc » de la vie : il mourut à l'âge de quarante-deux ans.

Je racontai en détail à mon père ma visite chez les Zassékine. A demi attentif, à demi distrait, il m'écoutait assis sur le banc et en traçant des dessins sur le sable du bout de sa cravache. Il souriait de temps à autre d'une manière joyeuse, me regardait drôlement et m'excitait par de brèves questions et des reparties. D'abord je ne me laissai même pas aller à prononcer le nom de Zinaïda ; mais je ne pus me retenir et je me mis à faire sa louange. Mon père continuait à sourire ; puis il devint songeur, s'étira et se leva.

Je me rappelai qu'en sortant de la maison il avait ordonné de seller son cheval. Il était excellent cavalier et savait, bien avant le célèbre M. Réry, dompter les chevaux les plus rebelles.

— Est-ce que j'irai avec toi, papa ? lui demandai-je.

— Non, répondit-il. Et son visage prit son expression ordinaire d'affabilité indifférente.

— Va seul si tu veux, et dis au cocher que je ne monterai pas à cheval aujourd'hui.

Il me tourna le dos et s'éloigna vivement. Je le suivis des yeux. Il disparut sous la porte cochère ; puis je vis son chapeau suivre la haie ; il entra chez les Zassékine.

Il n'y resta pas plus d'une heure, et aussitôt après il partit en ville et rentra seulement le soir à la maison.

Après le dîner, j'allai de moi-même chez les Zassékine. Je ne trouvai dans le salon que la vieille princesse. En m'apercevant elle se gratta la tête, sous son bonnet, du bout de son aiguille à tricoter, et tout à coup me demanda si je pouvais lui copier une supplique.

— Avec plaisir, répondis-je en m'asseyant sur le bord d'une chaise.

— Seulement, prenez garde. Faites les lettres assez grosses, dit la princesse, en me tendant un papier tout sale d'écriture. — Ne vous serait-il pas possible de le faire aujourd'hui, petit père ?

— Ce sera fait aujourd'hui même.

La porte de la chambre voisine s'entr'ouvrit à peine, et le visage de Zinaïda, pâle et absorbé, aux cheveux négligemment rejetés en arrière, se montra.

Elle me regarda avec de grands yeux froids et referma doucement la porte.

— Zina ! eh ! Zina ! fit la vieille princesse.

Zinaïda ne répondit pas. J'emportai la supplique, et je passai toute la soirée à la copier.

IX

Ma « passion » commença dès ce jour. Je me souviens d'avoir ressenti alors quelque chose de semblable à ce que doit éprouver un homme qui est nouvellement entré dans un emploi. Je cessais d'être tout simplement un petit garçon, j'étais un amoureux !

J'ai dit que, de ce jour, commença ma passion ; j'aurais pu ajouter que mes souffrances aussi commencèrent du même jour. Je languissais en l'absence de Zinaïda : rien n'occupait plus ma pensée ; tout tombait de mes

6

mains ; toute la journée je ne songeais qu'à
elle.

Je languissais... mais en sa présence, il me
semblait que je respirais avec plus de pléni-
tude. Puis, je devenais jaloux ; j'avais conscience de mon peu d'importance. Bêtement je
boudais, bêtement j'étais servile ; et, quand
même, une force irrésistible m'entraînait vers
elle ; chaque fois que je franchissais le seuil
de la chambre, c'était avec un tremblement
involontaire de bonheur.

Zinaïda devina aussitôt que j'étais amoureux d'elle ; et d'ailleurs, je ne cherchais pas à
le dissimuler. Elle se jouait de ma passion :
me cajolait et me torturait. Il est doux d'être
la source unique, une cause toute-puissante et
irresponsable des plus grandes joies et des
plus profonds chagrins d'un autre ; et moi,
dans la main de Zinaïda, j'étais comme une
cire molle.

Du reste, je n'étais pas le seul amoureux d'elle. Tous les hommes qui venaient chez les Zassékine étaient fous de la jeune fille ; et elle les tenait tous en laisse à ses pieds. Elle se faisait un jeu de faire naître en eux tantôt l'espérance, tantôt le désespoir, de les faire sauter selon son bon plaisir (elle appelait cela « cogner les hommes les uns contre les autres »). Et eux ne songeaient même pas à lui tenir tête et se soumettaient bénévolement.

Tout son être vivace et beau était un composé attrayant de ruse et d'insouciance, d'artifice et de naturel, de calme et de mutinerie. Tout ce qu'elle faisait, disait, chacun de ses mouvements étaient empreints d'un charme fin et léger ; dans tout se trahissait une force personnelle et exubérante. Et son visage jouait et changeait aussi à chaque instant : il exprimait presque en même temps la raillerie, la langueur et la passion. Des sentiments divers, légers, rapides, comme les ombres des nuages dans un jour de vent et de soleil, passaient sans cesse dans ses yeux et sur ses lèvres.

Chacun de ses adorateurs lui était nécessaire. Belovzorov, qu'elle appelait parfois « mon fauve » et parfois tout simplement « le mien », se serait jeté au feu pour elle, sans hésiter. N'ayant pas confiance dans ses facultés intellectuelles, ni dans ses autres qualités, il proposait toujours à la jeune fille de l'épouser, lui donnant à entendre que les autres ne faisaient que la courtiser.

Maïdanov satisfaisait les côtés poétiques de son âme. En homme assez froid comme presque tous les écrivains, il mettait tout ce qu'il avait de force à l'assurer, elle et lui-même, qu'il l'adorait. Il la chantait dans des vers sans fin qu'il lui lisait avec un transport à la fois emphatique et sincère. Elle avait pour lui une sympathie parfois un peu moqueuse.

Au fond elle n'en faisait pas beaucoup de cas ; et, après avoir écouté ses épanchements, elle l'obligeait à lire des vers de Pouchkine pour, comme elle le disait, « rafraîchir l'air ».

Louchine, railleur et cynique en paroles, la connaissait mieux que tous les autres, et il l'aimait plus que tous les autres, bien qu'il la malmenât, qu'elle fût présente ou non.

Elle l'estimait, mais elle ne se gênait pas pour lui tenir tête ; et parfois, avec un plaisir particulier et méchant, elle lui faisait sentir que lui aussi était dans ses mains.

—Je suis une coquette ; je n'ai pas de cœur ; j'ai une nature d'actrice, — lui dit-elle un jour en ma présence, — c'est entendu. Maintenant, donnez votre main et j'y enfoncerai une épingle ; vous aurez honte devant ce jeune homme, et malgré le mal que vous éprouverez, vous, monsieur l'homme sincère, vou rirez quand même.

Louchine rougit, détourna la tête en pinçant les lèvres, mais finit par avancer sa main. Elle le piqua, et, effectivement, il se mit à rire. Elle riait aussi en enfonçant assez profondément l'épingle et en plongeant son regard dans ses yeux qu'il cherchait vainement à fixer ailleurs.

Ce que je comprenais le moins, c'étaient les rapports existant entre Zinaïda et le comte Malevsky. Il était beau, homme du monde et intelligent, mais quelque chose d'équivoque, de faux, se révélait en lui, même à mes yeux, à moi garçon de seize ans ; et je m'étonnais que Zinaïda ne s'en rendît pas compte. Cependant, il était possible qu'elle eût le sentiment de cette fausseté, mais cela ne produisait pas un mauvais effet sur elle. Une éducation mal dirigée, des fréquentations et des habitudes étranges, la présence constante de la mère, la pauvreté et le désordre de la maison, tout,

en commençant par la liberté même dont
jouissait la jeune fille, la conscience qu'elle
avait de sa supériorité sur son entourage,
avaient développé en elle une sorte de dédain,
qui la rendait peu exigeante.

S'il arrivait, par exemple, que Vonifati
rapportât qu'il n'avait pas de sucre, ou bien
que quelque désagréable commérage se fît
jour, ou qu'une querelle eût lieu entre invités,
elle ne faisait qu'agiter ses boucles en disant:
« Des vétilles ! » et ne s'en inquiétait pas davantage.

En revanche, je sentais mon sang bouil-
lonner en moi quand Malevsky s'approchait
d'elle en se balançant avec la ruse d'un renard,
s'accoudait gracieusement sur le dos de la
chaise où elle était assise et se mettait à murmurer à son oreille avec un petit sourire
suffisant et obséquieux ; tandis qu'elle, les
bras croisés sur la poitrine, le regardait atten-

tivement en souriant aussi, et en agitant sa
tête.

— Quel plaisir avez-vous à recevoir M. Malevsky ? demandai-je un jour à Zinaïda.

— Il a de si belles petites moustaches,
répondit-elle. Ce n'est pas de votre ressort.

Une autre fois, elle me dit :

— Peut-être pensez-vous que je l'aime ?
Non, je ne puis pas aimer ceux que je suis
obligée de regarder de haut en bas. Il me faut
quelqu'un qui me brise moi-même. Mais, grâce
à Dieu, ce quelqu'un-là, je ne le rencontrerai
jamais. Je ne tomberai jamais dans les pattes
de personne. Non ! non !

— Alors, vous n'aimerez jamais ?

— Et vous donc ! Est-ce que je ne vous
aime pas ? dit-elle, et, du bout de son gant,
elle me frappa légèrement sur le nez.

Oui, Zinaïda se jouait de moi.

Pendant trois semaines je la vis presque

chaque jour, et que ne faisait-elle pas de moi !
Elle venait rarement chez nous, ce que d'ailleurs je ne regrettais pas.

Dans notre maison, elle se transformait en
grande dame, en princesse, et je l'évitais. Je
craignais de me trahir devant ma mère, qui
était peu bienveillante pour Zinaïda, et nous
épiait d'un air mécontent.

Je ne craignais pas autant mon père : il
semblait ne pas s'apercevoir de ma présence.
Avec Zinaïda il parlait peu, mais d'une façon
particulière, intelligente, nullement oiseuse.

Je cessai tout travail, toute lecture, j'abandonnai même mes promenades dans les envi-
rons et ne montai plus à cheval. Comme un
scarabée retenu par un fil, je tournoyais autour
de mon pavillon préféré, j'y serais même resté
toujours, mais c'était impossible. Ma mère
murmurait, et parfois Zinaïda elle-même me
chassait. Alors, je m'enfermais dans ma

chambre ou je me retirais dans l'endroit le plus écarté de notre jardin, j'escaladais le mur ruiné d'une haute serre en pierre, et, les jambes pendantes du côté qui donnait sur la route, je passais des heures entières à regarder, à regarder sans rien voir.

Auprès de moi, sur l'ortie poudreuse, voltigeaient paresseusement des papillons blancs. Un hardi moineau se posait tout près sur une brique rouge à demi effritée, et piaulait d'une façon agaçante, en tournant sans cesse de tout son corps, et la queue étendue. Les corbeaux, toujours défiants, croassaient de temps à autre, perchés sur le sommet d'un bouleau dénudé ; le soleil levant jouait doucement dans ses maigres branches ; la sonnerie des cloches du monastère de Don arrivait par moments paisible et monotone, tandis que je restais assis à regarder, à écouter, et tout mon être se remplissait d'un sentiment inexprimable où tout se réunissait : et la tristesse, et la joie, et le pressentiment de l'avenir, et le désir, et la peur de la vie. Mais de tout cela, alors, je ne me rendais pas bien compte ; et je n'aurais rien pu définir de ce qui fermentait en moi ; ou bien, si à cet état de mon âme j'avais donné un nom, c'eût été celui de Zinaïda.

Quant à elle, elle jouait toujours avec moi comme un chat avec une souris : tantôt elle était coquette et je m'animais et je m'amollissais ; tantôt elle me repoussait, et je n'osais pas l'approcher, je n'osais pas la regarder.

Je me souviens que pendant plusieurs jours de suite, elle me témoigna une grande froideur. Je m'en sentis tout craintif et, quand, lâchement, j'entrais dans leur pavillon, je me tenais toujours auprès de la vieille princesse, bien qu'elle fût plus que jamais grogneuse et bruyante : ses procès marchaient

mal et elle avait eu déjà deux explications
avec le commissaire de police.

Un jour je passais dans le jardin, en lon-
geant la haie déjà connue, et j'aperçus Zinaïda ; accoudée sur ses deux mains, elle
était assise sur l'herbe et ne remuait pas.
J'étais sur le point de m'éloigner avec pré-
caution, mais elle leva tout à coup la tête et
me fit un signe impératif. Je restai immobile
sur place. Je ne l'avais pas comprise ; elle fit
de nouveau le même signe. Aussitôt j'enjam-
bait la haie, et, tout joyeux, je courais vers
elle ; elle m'arrêta en me désignant un sentier à deux pas. Troublé, ne sachant que
faire, je me mis à genoux sur le bord du sentier. Elle était si pâle, une tristesse si amère,
une fatigue si profonde se peignaient dans
chacun de ses traits, que mon cœur se serra,
et que, malgré moi, je murmurai :

— Qu'avez-vous ?

Zinaïda, avançant la main, arracha une
herbe, la mordit et la rejeta au loin.

— Vous m'aimez beaucoup ? demanda-t-
elle enfin. — Oui ?

Je ne répondis rien ; à quoi bon répondre,
d'ailleurs ?

— Oui, répéta-t-elle en continuant à me regarder, — c'est cela ! les mêmes yeux !...
ajouta-elle en restant rêveuse et en cachant
son visage dans ses mains. — Tout me dé-
goûte, murmura-t-elle. Je fuirais au bout du
monde... Il m'est impossible de vaincre, et
je ne puis pas me maîtriser... Et qu'est-ce
qui m'attend dans l'avenir ?... Ah ! que cela
me pèse !... Combien cela me pèse !...

— Quoi ? demandai-je timidement.

Zinaïda ne me répondit pas ; elle ne fit que
hausser les épaules.

Je continuai à rester à genoux et à la regarder avec une profonde tristesse. Chacune

de ses paroles me frappait le cœur. En ce moment il me semblait que j'aurais donné ma vie pour lui ôter son chagrin. Je la regardais et, bien qu'il ne me fût pas possible de deviner ce qui lui pesait tant, je la voyais, très nettement maintenant, en esprit, arriver dans le coin du jardin où elle se trouvait et tomber là comme une plante fauchée.

Autour de nous tout était éblouissement et verdure. Le vent bruissait dans le feuillage, balançant de temps à autre la longue branche d'un arbrisseau au-dessus de la tête de Zinaïda. Des tourterelles roucoulaient, et des abeilles bourdonnaient en voltigeant très bas sur l'herbe rare. En haut, bleuissait le ciel caressant, et moi j'étais si triste...

— Récitez-moi quelques vers, dit à mi-voix Zinaïda, en s'appuyant sur son coude ; j'aime vous entendre réciter. Vous chantez un peu, mais cela ne fait rien, c'est jeune. Récitez-moi « Sur les collines de la Géorgie ». Mais asseyez-vous d'abord.

Je m'assis et je lui récitai « Sur les collines de la Géorgie ».

. . . .

> Ne pas aimer, on ne le peut pas,

répéta comme un écho Zinaïda au dernier vers. — Voilà en quoi la poésie a du bon : elle vous dit ce qui n'existe pas et qui est non seulement mieux que ce qui existe, mais même qui ressemble plus à la vérité...

> Ne pas aimer, on ne le peut pas !

On le voudrait, on ne le peut pas !

De nouveau elle se tut, et tout à coup se secoua et se leva.

— Venez ; Maïdanov est avec maman. Il m'a apporté son poème et je l'ai laissé là. Lui aussi a du chagrin en ce moment, mais que faire ?... vous saurez un jour... seulement, ne m'en veuillez pas !...

Zinaïda me serra rapidement la main et courut en avant. Nous rentrâmes dans le pavillon.

Maïdanov se mit à nous lire son *Assassin* qui venait de paraître, mais je ne l'écoutai pas. Avec des petits cris et en chantonnant, il lisait ses iambes de quatre pieds ; les rimes se suivaient à tour de rôle et résonnaient comme des grelots creux et sonores, tandis que moi, je regardais toujours Zinaïda et je m'efforçais de pénétrer la signification de ses dernières paroles :

> Ou peut-être un rival secret
> T'a vaincu soudain !

s'écria tout à coup Maïdanov, et mon regard et celui de Zinaïda se rencontrèrent. Elle baissa les yeux ; je vis qu'elle rougissait et je devins tout glacé de frayeur. Déjà avant, j'é-

tais jaloux ; mais ce n'est qu'à cet instant que
la pensée qu'elle aimait quelqu'un, passa
comme un éclair dans ma tête.

« Mon Dieu ! elle aime ! »

X

Les vraies tortures commencèrent pour moi de ce moment. Je me cassais la tête, je réfléchissais, je ruminais; et sans cesse, quoiqu'en secret, autant que possible, je surveillais Zinaïda. Un changement était survenu en elle; c'était clair. Elle se promenait seule très longtemps; parfois elle ne se montrait pas aux visiteurs; elle restait dans sa chambre des heures entières, ce qui ne lui était jamais arrivé auparavant.

J'étais devenu tout à coup — du moins il me semblait — très perspicace. « Est-ce celui-ci ou celui-là ? » me demandais-je en énumérant fiévreusement dans mon esprit ses adorateurs l'un après l'autre.

Le comte Malevsky (quoique j'eusse honte pour Zinaïda d'en convenir) me semblait plus dangereux que les autres.

Ma perspicacité ne voyait pas plus loin que le bout de mon nez, et ma secrète surveillance ne trompait sans doute personne ; le docteur Louchine, au moins, m'avait eu vite deviné. Du reste, lui aussi changea dans ces derniers temps ; il maigrit, tout en riant aussi souvent, mais d'un rire assourdi, méchant et bref. Une irritation involontaire, nerveuse, remplaça l'ironie légère qui lui était habituelle et son cynisme voulu.

— Qu'avez-vous donc à traîner toujours vos guêtres ici, jeune homme ? me dit-il un jour qu'il était resté seul en tête à tête avec moi dans le salon des Zassékine.

Zinaïda n'était pas encore revenue de sa promenade, et la voix criarde de la vieille princesse résonnait dans l'office. Elle se querellait avec sa femme de chambre.

— Vous feriez mieux d'étudier et de travailler pendant que vous êtes jeune ; au lieu de cela, que faites-vous ?

— Vous ne savez pas si je ne travaille pas à la maison. lui répondis-je non sans hauteur, mais aussi avec un certain trouble.

— Un bon travail ! dans ce cas-là. Vous avez autre chose dans la tête. Enfin je ne discute pas ; à votre âge, c'est dans l'ordre des choses. Seulement votre choix n'est pas bien tombé. Vous ne comprenez donc pas dans quel genre de maison vous êtes ?

— Je ne vous comprends pas, remarquai-je.

— Vous ne comprenez pas, tant pis pour vous. Je considère comme mon devoir de vous ouvrir les yeux. Nous autres, vieux célibataires, nous pouvons nous aventurer ici : qu'en peut-il résulter?... Nous sommes bronzés ; rien n'a plus de prise sur nous ; tandis que votre épiderme est encore sensible. L'air d'ici est malsain pour vous, vous pourrez gagner la contagion.

— Comment cela?

— Mais tout simplement! Vous sentez-vous sain d'esprit en ce moment? Êtes-vous dans un état normal? Ce que vous éprouvez, vous est-il nécessaire, bon ?

— Mais qu'est-ce que j'éprouve donc? demandai-je, tout en convenant intérieurement que le docteur avait raison.

— Eh ! jeune homme, jeune homme ! continua-t-il comme si dans ces mots il renfermait pour moi quelque chose d'offensant, ce

n'est pas à vous de ruser. Grâce à Dieu, ce
que vous avez dans l'âme se réflète encore
sur votre visage. Mais au fait, pourquoi tant
parler, moi-même je ne serais pas ici...(le docteur serra les dents) si je n'étais pas comme
vous un original. Je ne m'étonne que d'une
chose : c'est que vous, avec votre intelligence,
vous ne voyiez pas ce qui se passe autour de
vous.

— Et que se passe-t-il donc ? demandai-je
vivement en dressant l'oreille dans l'attente
de ce qui allait être répondu.

Le docteur me considéra avec une sorte de
pitié railleuse.

— Me voilà bien maintenant ! dit-il comme
en lui même ; avec ça que c'est nécessaire de
lui raconter ces choses-là. En un mot, ajouta-
t-il en haussant la voix, je vous le répète,
l'atmosphère que l'on respire ici vous est
nuisible. Il vous est agréable de vous trouver

dans cette maison, mais il y a beaucoup de choses agréables ; dans une serre aussi, cela sent bon, mais on ne peut pas y vivre. Hé !... écoutez-moi, remettez-vous à votre Kaïdanov.

La vieille princesse entra et se plaignit au docteur de maux de dents, puis vint Zinaïda.

— Justement, dit la mère. Monsieur le docteur, grondez-la donc ; toute la journée elle boit de l'eau avec de la glace ; est-ce que cela ne lui est pas nuisible, avec sa poitrine faible ?

— Pourquoi faites-vous cela ? demanda Louchine.

— Et que peut-il en résulter ?

— Mais vous pouvez vous refroidir et mourir.

— Vraiment ? eh bien, ce sera tant mieux.

— Ah, bah ! grogna le docteur.

La vieille princesse sortit.

— Ah, bah ! répéta Zinaïda. Jetez un coup d'œil autour de vous : est-ce que la vie est si gaie ?... Eh bien ! est-elle gaie ? Croyez-vous que je ne comprenne pas ? que je ne sente pas ? Cela me plaît de boire de l'eau glacée... et pensez-vous me persuader qu'une vie pareille vaille la peine qu'on lui sacrifie le plaisir d'un moment ? je ne vous parle même pas de bonheur.

— Eh bien ! c'est un caprice chez vous ; le désir de vous montrer indépendante. Toute votre nature se résume dans ces mots.

Zinaïda eut un rire nerveux.

— Vous n'êtes plus au courant, cher docteur, vous êtes un mauvais observateur ; vous êtes arriéré... mettez vos lunettes... je ne suis pas en état de faire la capricieuse en ce moment ; vous faire passer pour sot, faire la sotte moi-même, n'est pas bien amusant. Quant à l'indépendance... Monsieur Valdemar,

ajouta tout à coup Zinaïda en frappant du
pied, quittez cette physionomie mélancolique. Je ne supporte pas qu'on s'apitoie sur
moi.

. Elle s'éloigna vivement.

— Elle est nuisible, elle est nuisible pour
vous, cette atmosphère, jeune homme ! me
répéta encore Louchine.

XI

Le soir de ce jour, se réunirent chez les Zassékine les hôtes ordinaires de la maison. J'étais du nombre.

La conversation roulait sur le poème de Maïdanov. Zinaïda le louait sincèrement.

— Moi, savez-vous, dit-elle au jeune homme, si j'étais poète, je choisirais d'autres sujets. Peut-être sont-ce des bêtises, mais parfois il me vient dans la tête d'étranges pensées ; surtout quand je ne dors pas avant le matin, quand le ciel commence à devenir

rose et gris. Je choisirais par exemple...
mais vous vous moquerez de moi.

— Non ! non ! nous écriâmes-nous tous
d'une commune voix.

— J'aurais mis en scène, — continua-t-elle
les bras croisés sur la poitrine et les yeux
tournés sur le côte, — tout une société de
jeunes filles tout en blanc avec des cou-
ronnes de fleurs blanches, chantant, par
exemple, quelque chose comme un hymne.

— Je comprends, je comprends, continuez,
dit Maïdanov d'un air inspiré et grave.

— Tout à coup du bruit, des rires, des torches, des coups de grosse caisse sur la rive...
C'est une troupe de Bacchantes qui courent
avec des chansons et des cris. Maintenant,
c'est à vous de faire le tableau, monsieur le
poète ; seulement, je voudrais que les torches
fussent rouges et très fumeuses et les yeux des
Bacchantes devraient luire sous leurs cou-

ronnes, lesquelles seraient de couleur sombre. N'oubliez pas non plus les peaux de tigres, les coupes et l'or, beaucoup d'or.

— Et où doit se trouver cet or? demanda Maïdanov en rejetant en arrière ses cheveux plats et en ouvrant ses narines.

— Où? sur les épaules, sur les bras, sur les jambes, partout. On dit que, dans l'antiquité, les femmes portaient des anneaux en or au bas de la jambe. Les Bacchantes appellent à elles les jeunes filles du bateau. Celles-ci cessent de chanter leur hymne — et, en effet, il leur est impossible de le continuer, mais elles ne bougent pas. La rivière les porte vers le bord ; et voilà que, tout à coup, l'une d'elles se lève doucement... Il faut bien décrire cela : dire comment elle se lève doucement à la lueur de la lune et comment ses compagnes s'effraient... Elle enjambe le bord du bateau, et descend sur la rive. Les Bacchantes l'entourent, l'enlèvent dans la nuit, dans l'ombre. Imaginez-vous alors de gros flocons de fumée et tout devient confus. On n'entend que des cris aigus et l'on n'entrevoit plus qu'une couronne tombée sur la rive.

Zinaïda se tut.

« Oh ! elle aime ! » pensai-je de nouveau.

— Et c'est tout ? demanda Maïdanov.

— C'est tout, répondit-elle.

— Cela ne peut fournir le sujet de tout un poème, dit-il d'un ton solennel ; mais, pour une pièce de vers lyrique, je pourrais profiter de votre idée.

— Dans le genre romantique ? demanda Malevsky.

— Assurément, dans le genre romantique, celui de Byron.

— Pour moi, Hugo vaut mieux que Byron, dit nonchalamment le jeune comte ; il est plus intéressant !

— Hugo est un écrivain de premier ordre, répliqua Maïdanov, et mon ami Tonkocheiev, dans son roman espagnol *el Trobador*...

— Ah oui ! ce livre avec des points d'interrogation renversés ! interrompit Zinaïda.

— Oui ! c'est admis ainsi chez les Espagnols. Je voulais donc dire que...

— Allons, vous allez encore discuter sur le classique et sur le romantique, interrompit de nouveau Zinaïda. Jouons plutôt...

— Aux fants ? saisit au vol Louchine.

— Non ! c'est ennuyeux, les fants ; plutôt aux comparaisons.

Ce jeu avait été inventé par Zinaïda elle-même : on nommait quelque objet, chacun tâchait de le comparer avec quelque chose, et celui qui trouvait la meilleure comparaison recevait le prix.

Elle s'approcha de la fenêtre ; le soleil venait

de se coucher : de longs nuages rouges se tenaient très haut dans le ciel.

— A quoi ressemblent ces nuages ? demanda Zinaïda ; et sans attendre la réponse, elle dit : — Je trouve qu'ils ressemblent à ces voiles de pourpre qui conduisaient le bateau en or de Cléopâtre, quand elle allait à la rencontre d'Antoine. Vous souvenez-vous, Maïdanov ? vous m'avez raconté cela, il n'y a pas long-temps.

Nous tous, comme Polonius dans *Hamlet*, nous décidâmes que ces nuages rappelaient précisément ces voiles et que personne de nous ne pourrait trouver une meilleure com-paraison.

— Et quel âge avait-il alors, Antoine ? demanda Zinaïda.

— Il devait certainement être un jeune homme, remarqua Malevsly.

— Oui, jeune, confirma Maïdanov.

— Pardon ! s'écria Louchine ; il avait plus de quarante ans.

— Plus de quarante ans ! répéta Zinaïda en jetant sur le docteur un regard rapide...

Bientôt après je rentrai à la maison.

« Elle aime ! murmuraient malgré moi mes lèvres... mais qui ? »

8

XII

Les jours se suivaient. Zinaïda devenait de plus en plus étrange et incompréhensible. Il m'arriva une fois d'entrer chez elle. Je la trouvai assise sur une chaise de paille, la tête appuyée sur le bord d'une table. Elle se redressa ; son visage était plein de larmes.

— Ah ! c'est vous ! dit-elle en souriant quoique d'un air un peu sévère ; approchez-vous.

Je m'approchai. Elle posa ses deux mains sur ma tête, et tout d'un coup se mit à tordre des mèches de mes cheveux.

— Vous me faites mal prononçai-je enfin.

— Ah! ah! ça fait mal! Et moi donc, je n'ai pas mal? Je n'ai pas mal? répéta-t-elle. — Ah! ah! s'écria-t-elle tout à coup; voyant qu'elle m'avait arraché une mèche; qu'ai-je fait? pauvre monsieur Valdemar!

Elle lissa les cheveux arrachés et les mit en anneau.

— Je vais mettre vos cheveux dans mon médaillon et je le porterai. — Et des larmes brillaient toujours dans ses yeux. — Peut-être que cela vous consolera un peu; et maintenant, adieu.

Quand je retournai à la maison, je tombai en pleine scène de famille. Maman et mon père avaient une explication. Maman reprochait à mon père quelque chose, et celui-ci, sans discuter, restait froid et poli; bientôt, il partit. Je ne pouvais pas entendre de quoi se plaignait maman, j'avais la tête occupée d'autres idées. Je me souviens seulement qu'une fois l'explication terminée, elle me fit appeler dans son cabinet, et, d'un ton très désagréable, me parla de mes fréquentes visites chez la princesse, laquelle, à son avis, était une femme capable de tout.

Les larmes de Zinaïda me déroutaient complètement. Je ne savais pas du tout à quelle idée m'arrêter; et j'étais prêt à pleurer moi-même. J'étais toujours un enfant malgré mes seize ans. Je ne pensais plus à Malevsky ni à Belovzrov, bien que ce dernier devînt chaque jour plus hardi et regardât le comte comme un loup regarderait une brebis. Je ne pensais à rien ni à personne. Je me perdais dans ces réflexions et je cherchais toujours des endroits isolés. Plus que tout j'aimais la serre en ruines ; je montais sur le mur élevé, je m'asseyais là, de l'air d'un adolescent, si malheureux, si abandonné, si triste, que j'arrivais à

m'en faire pitié à moi-même ; et, ces sensation amères avaient quelque chose de très
doux qui enivrait et que je goûtais...

Un jour, me trouvant sur ce mur, je regardais au loin et j'écoutais le tintement des
cloches... Tout à coup je sentis comme le frémissement d'un vent qui passait sur moi, qui
me frôlait ; je laissai tomber mes yeux. En bas,
sur la route, dans une légère robe rose avec
une ombrelle rose sur l'épaule, Zinaïda
marchait d'un pas rapide. Elle m'aperçut, s'arrêta et, rejetant le bord de son chapeau de
paille, elle leva sur moi ses yeux de velours.

— Que faites-vous là sur une pareille hauteur? me demanda-t-elle avec un étrange
sourire. Voilà, vous m'assurez toujours que
vous m'aimez ; sautez sur la route, si réellement vous m'aimez.

A peine avait-elle prononcé ces mots, que
je volai en bas comme si quelqu'un me pous-

sait par derrière ; le mur avait à peu près
quatre mètres de hauteur.

Je tombai droit sur mes pieds ; mais le choc
fut si violent que je ne fus plus maître de moi, je
perdis connaissance. Quand je revins à moi, sans
ouvrir les yeux je sentis Zinaïda.

— Cher petit, disait-elle penchée sur moi,
et dans sa voix si douce se devinait de l'effroi. — Pourquoi m'as-tu obéi?... Je t'aime
voyons ! reviens à toi.

Sa poitrine respirait près de la mienne, ses
mains caressaient ma tête, et, tout à coup, —
oh ! Dieu, — que ressentis-je en ce moment,
ses lèvres fraîches et douces commencèrent à
couvrir de baisers tout mon visage, elles tou-
chèrent mes lèvres... Mais subitement, com-
prenant sans doute à l'expression de mon visage que je n'étais plus évanoui, quoique je
n'eusse pas encore rouvert mes yeux, elle se
leva rapidement et dit :

— Allons ! levez-vous, espiègle, écervelé !
Pourquoi vous roulez-vous dans la poussière ?
Je me levai.

— Donnez-moi mon ombrelle ; voyez où je
l'ai jetée, et puis ne me regardez pas de cette
façon-là ? Qu'est-ce que c'est que ces bêtises ?
Vous ne vous êtes pas fait mal ? Vous ne vous
êtes pas piqué dans les orties ? On vous dit de
ne pas regarder comme ça. Mais il ne comprend rien ! il ne répond rien, dit-elle comme
à elle-même... — Allez à la maison, monsieur Valdemar, brossez-vous et ne vous permettez pas de me suivre ; autrement je me
fâcherai, et alors jamais plus...

Elle n'acheva pas la phrase ; elle s'éloigna
rapidement ; et moi, je m'assis sur la route ;
mes pieds ne me supportaient pas. Les
piqûres d'orties brûlaient mes mains, mon
dos me faisait mal, ma tête tournait ; mais les
sensations que je venais d'éprouver étaient si

délicieuses qu'elles ne se répétèrent jamais
plus dans ma vie. Je sentais dans tous mes
membres comme un malaise doux qui finis-
sait par s'épandre en exclamations joyeuses et
en sauts de contentement. En effet, vous le
voyez, j'étais encore bien enfant.

XIII

Je fus si gai et si fièr toute cette journée,
je gardais si clairement sur mon visage la
sensation des baisers de Zinaïda, je me souvenais avec un si grand frémissement de jouis-
sance de chacun de ses mots, je berçais si
jalousement mon bonheur inattendu, que
j'avais même peur de revoir celle qui était la
cause de ces émotions inconnues. Il me semblait qu'on ne pouvait rien demander de plus
au bonheur; que maintenant il fallait « respirer à pleins poumons pour la dernière fois
et mourir ». Mais le lendemain, quand je

me dirigeai vers le pavillon, j'éprouvai un grand trouble que je voulus vainement cacher sous le masque de tranquille insouciance de l'homme qui veut faire comprendre qu'il est discret et sait se taire.

Zinaïda me reçut très naturellement, sans aucun trouble, en me menaçant simplement de son doigt et en me demandant si je n'avais pas des bleus sur le corps. Toute ma tranquillité importante, mon air mystérieux, s'évanouirent instantanément, et avec eux ma gêne vis-à-vis d'elle. Sûrement je ne m'attendais pas à quelque chose d'extraordinaire; mais la tranquillité de Zinaïda fit sur moi l'effet d'une douche d'eau froide. Je comprenais que je n'étais qu'un enfant à ses yeux, et j'en restai le cœur gros. Zinaïda se promena de long en large dans la chambre et souriait chaque fois qu'elle me regardait; mais ses pensées étaient très loin de moi, je le voyais

clairement... « Faut-il lui parler de l'affaire
d'hier ? pensais-je ; lui demander où elle courait si précipitamment, pour savoir enfin... »
Mais je fis de la main un geste de décourage-
ment et je m'assis isolé dans un coin.

Belovzorov entra. J'étais satisfait de le voir.

— Je ne vous ai pas trouvé un cheval de
selle assez tranquille, dit-il d'un ton brusque ;
Freitag m'en garantit un, mais je n'en suis
pas sûr. J'ai peur.

— De quoi avez-vous peur ? Oserai-je vous
demander ? dit Zinaïda.

— De quoi j'ai peur ? Mais vous ne savez
pas monter à cheval. Dieu garde qu'il arrive
un accident... Et à propos de quoi, cette fan-
taisie qui vous est venue dans la tête ?

— Ça, c'est mon affaire ! S'il en est ainsi,
je vais prier Pietr Vassilievitch... (On appelait mon père Pietr Vassilievitch, je m'étonnais qu'elle prononçât si librement et si faci-

lement son nom, comme si elle fût sûre qu'il
était à son service.)

— C'est cela, dit Belovzorov, c'est avec lui
que vous voulez monter à cheval ?

— Avec lui ou avec un autre, peut vous
importe ; en tout cas, pas avec vous.

— Pas avec moi ? dit Belovzorov. Comme
vous voudrez. C'est bien. Je vous trouverai
un cheval.

— Seulement, prenez garde, ne me trouvez
pas une rosse quelconque ; je vous préviens
que je veux galoper.

— Vous galoperez si vous voulez... Avec
qui alors ? Avec Malevsky ?

— Et pourquoi pas avec lui, mon guerrier?
Eh bien ! tranquillisez-vous ajouta-t-elle, ne
jetez pas des flammes avec vos yeux ; je vous
prendrai aussi pour cavalier. Vous savez bien
ce qu'est Malevsky pour moi. Fi!... Et elle
secoua la tête.

— Vous dites cela pour me consoler, grogna Belovzrov.

Zinaïda cligna ses yeux.

— Ça vous console ? Oh ! oh ! oh ! guerrier, fit-elle enfin, comme si elle ne trouvait pas un autre mot à dire. — Et vous, monsieur Valdemar, vous ne voudriez pas aussi venir avec nous ?

— Je n'aime pas... me trouver en nombreuse société... murmurai-je sans lever mes yeux.

— Vous préférez le tête-à-tête. Eh bien ! chacun selon son goût, dit-elle en soupirant. Belovzorov, allez vous occuper de cela ; il me faut le cheval pour demain.

— Oui ! et l'argent, où le prendra-t-on ? demanda la vieille princesse.

Zinaïda fronça le sourcil :

— Je ne vous le demande pas. Belovzorov me le prêtera.

— Prêtera, prêtera, grogna la vieille princesse, et tout d'un coup, de toute sa gorge elle appela : Douniaschka !

— Maman, je vous ai cependant donné une sonnette, remarqua la jeune princesse.

— Douniaschka ! répéta la vieille dame.

Belovzorov prit congé ; je partis avec lui ; Zinaïda ne me retint pas.

XIV

Le lendemain matin, je me levai de bonne heure, je coupai un bâton et je me dirigeai vers le fort. Je voulais distraire mon chagrin. La journée était belle, claire et pas trop chaude. Un vent gai et frais frémissait sur la terre, avec un bruissement léger et régulier qui ne changeait rien de place. Longtemps je me promenai sur les montagnes et dans les forêts. Je ne me sentais pas heureux. J'étais sorti de la maison avec l'idée de m'abandonner

9

entièrement à ma mélancolie. Mais la jeunesse, le beau temps, l'air frais, l'entrain d'une marche rapide, le délassement d'un repos sur l'herbe dans un endroit solitaire prirent le dessus. Le souvenir de mes maux inoubliables, des baisers reçus, restait toujours gravé dans mon âme mais sans amertume. Il m'était doux de penser que Zinaïda ne pouvait pas douter de mon héroïsme et de ma bravoure.

« Elle préfère les autres, pensai-je ; soit, seulement les autres disent, et moi j'agis ! et encore là se borne-t-il tout ce que je pourrais faire pour elle ? »

Et mon imagination commençait de nouveau à travailler. Je me représentais comment je la sauverais des mains d'un ennemi ; comment, couvert de sang, je la tirerais de prison et comment je mourrais à ses pieds ! Je me souvenais du tableau suspendu dans notre salon : Malek-Adel emportant Mathilde ; et tout à coup je fus détourné de mes pensées par la vue d'un grand pic bigarré qui s'était posé sur un arbre et regardait à travers les branches avec inquiétude à droite et à gauche, comme un musicien derrière sa contrebasse.

Puis je commençai à chanter : « Les neiges si blanches » et je terminai par une romance à la mode : « Je t'attends, quand le zéphyr se lèvera. » Je déclamai ensuite à haute voix la tirade de Yermak aux étoiles dans la tragédie de Khomiakov ; enfin j'essayai de faire moi-même une poésie, quelque chose de mélancolique. J'avais trouvé ce qui terminerait chaque quatrain : « O Zinaïda ! Zinaïda ! » mais je ne trouvais pas le reste.

Cependant l'heure du dîner approchait ; je descendis dans la prairie ; là, un sentier étroit se déroulait en serpentant et ramenait vers la ville ; je pris ce chemin. J'entendis le bruit sourd d'une cavalcade qui s'avançait derrière

moi. Je me retournai, et m'arrêtai net en ôtant
ma casquette, j'avais reconnu mon père et
Zinaïda. Ils marchaient côte à côte ; mon père,
la main appuyée sur sa monture, parlait à la
jeune fille en se penchant tout entier vers
elle ; il souriait, Zinaïda l'écoutait silencieuse,
sans lever les yeux sur lui et les lèvres serrées.
D'abord je ne vis qu'eux. Ce ne fut que quelques instants après, qu'au détour du chemin,
Belovzorov se montra dans son uniforme de
hussard, sur un cheval noir écumant de
fatigue. Le brave animal secouait la tête, hen-
nissait et ruait ; le cavalier le retenait en
serrant la bride. Je m'écartai. Mon père se
redressa sur sa selle ; Zinaïda leva lentement
son regard vers lui, et tous deux se mirent à
galoper ; Belovzorov s'élança à leur poursuite
avec tout le bruit de son sabre. « Il est
rouge comme une écrevisse, pensai-je, tandis
qu'elle, pourquoi est-elle si pâle ? Elle a été

à cheval toute la matinée et elle est pâle! »

Je redoublai le pas et je rentrai à la maison justement pour le dîner.

Mon père avait déjà changé de toilette, et lavé, frais, se trouvait auprès du fauteuil de ma mère, et, de sa voix sonore et égale, lisait le feuilleton du *Journal des Débats*. Mais maman l'écoutait sans attention. En m'apercevant, elle me demanda où j'avais été toute la journée et ajouta qu'elle n'aimait pas qu'on traînât Dieu sait où et Dieu sait avec qui.

« Mais je me suis promené seul ! » étais-je sur le point de répondre, quand, regardant mon père, je me tus sans savoir pourquoi.

XV

Les cinq ou six jours suivants, je ne vis presque pas Zinaïda. Elle se dit malade ; ce qui n'empêcha cependant pas les visiteurs ordinaires du pavillon de se trouver présents à leur poste habituel, excepté Maïdanov qui se décourageait et devenait triste tout de suite quand il n'avait pas l'occasion de montrer son enthousiasme.

Belovzorov était toujours assis, morne, dans un coin, tout boutonné et rouge. Sur le fin visage du comte Malevsky passait sans cesse

un mauvais sourire. En effet, il était tombé
en disgrâce auprès de Zinaïda et, avec un soin
particulier, il tâchait de se faire bien venir de
la vieille princesse. Un jour même il alla avec
elle chez le gouverneur général ; mais cette
démarche n'eut aucun succès et Malevsky en
reçut du désagrément : on lui rappela une cer-
taine histoire avec les officiers de l'armée, et
il fut obligé de dire, pour se justifier, qu'à
l'époque dont on lui parlait, il était alors peu
expérimenté.

Louchine venait deux fois par jour, mais ne
restait pas longtemps. Je le craignais un peu
depuis notre dernière explication et, en même
temps, je me sentais pour lui une réelle sympathie. Il vint un jour se promener dans le
jardin Neskoutchnoé. Il était ce jour-là de
très bonne humeur et très aimable ; il me
montra différentes herbes et fleurs dont il
m'apprit les noms et les propriétés, et, tout à

coup, il s'écria, comme on dit, de but en blanc, en se frappant le front : « Et moi, imbécile, qui pensais qu'elle était coquette ! Probablement il en est à qui il semble doux de se sacrifier. »

— Que voulez-vous dire par là ? » demandai-je.

— A vous ! je ne veux rien dire, » répondit Louchine d'un ton brusque.

Quant à moi, Zinaïda me fuyait toujours : mon apparition — il m'était impossible de ne pas le remarquer — l'impressionnait désagréablement. Elle se détournait de moi malgré elle ; malgré elle ! voilà ce qui m'était le plus sensible. Mais il n'y avait rien à faire, et je tâchais de ne pas me trouver sous ses yeux ; ce n'était que de loin que je l'épiais, ce qui ne me réussissait pas toujours.

Il se passait encore en elle quelque chose d'incompréhensible ; son visage était devenu

tout autre. Je fus surtout frappé de ce changement un soir que, par un temps doux et
chaud, j'étais assis sur un petit banc bas sous
le feuillage d'un sureau. J'aimais cet endroit :
de là on voyait la fenêtre de la chambre de
Zinaïda. Au-dessus de ma tête, dans le feuillage assombri, s'agitait un petit oiseau ; un
chat gris, le dos allongé, se faufilait prudemment dans le jardin, et les premiers scarabées
bourdonnaient pesamment dans l'air encore
transparent, quoique déjà moins clair. Toujours assis, je regardais la fenêtre et j'attendais
en me demandant si elle s'ouvrirait. En effet,
elle s'ouvrit et Zinaïda apparut. Elle était
vêtue d'une robe blanche et elle-même, son
visage, ses bras, ses mains étaient pâles,
jusqu'à la blancheur. Longtemps elle resta
immobile et longtemps son regard, fixé droit
devant elle, resta immobile sous ses sourcils
froncés. Je ne lui avais même jamais vu un

pareil regard. Puis serrant fortement ses
mains l'une dans l'autre, elle les porta à ses
lèvres, à son front et tout à coup, écartant
ses doigts, elle rejeta ses cheveux qui tombaient sur ses oreilles, les secoua, et, avec
une sorte de décision, inclinant sa tête de
haut en bas, elle ferma la fenêtre.

Trois jours après, elle me rencontra dans le
jardin : je voulus l'éviter, mais ce fut elle-
même qui m'arrêta.

— Donnez-moi votre bras, me dit-elle avec
son ancienne tendresse ; il y a longtemps
que nous n'ayons causé.

Je la regardais : ses yeux luisaient doucement et son visage souriait comme à travers
un léger brouillard.

— Vous êtes toujours indisposée ? — lui demandai-je.

— Non ! maintenant tout est passé, répondit-elle en arrachant une petite rose rouge. —

Je suis un peu fatiguée, mais cela passera aussi.

— Et vous serez de nouveau comme auparavant? demandai-je.

Zinaïda porta la rose à son visage et il me sembla que le reflet des pétales éclatants retombait sur ses joues.

— Suis-je donc changée? me demanda-t-elle.

— Oui, vous êtes changée, répondis-je à mi-voix.

— J'ai été froide avec vous, je le sais, fit Zinaïda ; mais vous ne deviez pas y faire attention. Je ne pouvais être autrement... Mais à quoi bon parler de cela?

— Vous ne voulez pas que je vous aime ! Voilà la vérité ! m'écriai-je l'air triste et avec un élan involontaire.

— Non ! aimez-moi, mais pas comme avant.

— Comment donc.

— En ami, voilà comment.

Zinaïda me donna la rose à sentir.

— Ecoutez, continua-t-elle, je suis bien plus âgée que vous, je pourrais être votre tante, ma parole ; ou bien, si ce n'est une tante, une sœur aînée au moins, et voilà que vous...

— Je suis pour vous un enfant? interrompis-je.

— Eh bien ! oui, un enfant, mais charmant, bon, intelligent et que j'aime beaucoup. Savez-vous, je vais vous donner un grade : d'aujourd'hui je vous nomme mon page, et n'oubliez pas que les pages ne doivent jamais quitter leur maîtresse. Voici le signe de votre nouvelle fonction, — ajouta-t elle en mettant la rose à la boutonnière de ma veste, — comme signe de mes bonnes grâces envers vous.

— Avant je recevais de vous d'autres grâces, murmurai-je.

— Ah ! fit Zinaïda en me regardant de côté,

quelle bonne mémoire ! Eh bien ! je suis prête encore maintenant...

Et se penchant sur moi, elle posa sur mon front un baiser pur et tranquille.

A peine levais-je les yeux sur elle qu'elle se détournait.

— Suivez-moi, mon page, dit-elle, et elle se dirigea vers le pavillon.

Je la suivis, ne sachant toujours que penser.

« Cette jeune fille douce, raisonnable, me disais-je, est-elle bien cette même Zinaïda que j'ai connue ? »

Et sa démarche me semblait plus mesurée, toute sa personne plus majestueuse et élevée...

Oh ! mon Dieu ! avec quelle nouvelle force mon amour se ranima.

XVI

Ce jour-là, après le dîner, la jeune princesse se montra aux hôtes qui étaient réunis
dans le pavillon. Le nombre des habitués
ordinaires était au complet, comme lors de la
première et inoubliable soirée. Nirmatsky lui-
même était là. Maïdanov arriva cette fois
avant tout le monde. Il apportait de nouvelles poésies.

Le jeu des fants commença, mais sans les
étranges accompagnements, sans folies, sans
bruit ; le laisser-aller bohême avait disparu.

Zinaïda avait donné un caractère nouveau à
nos réunions. De par mon droit de page, j'étais
assis auprès d'elle. Elle proposa entre autres
choses que celui qui aurait une amende à
payer racontât son rêve; mais cela n'eut
qu'une demi-réussite. Les rêves étaient peu
intéressants (Belovzorov avait rêvé qu'il avait
donné des poissons à manger à son cheval,
lequel avait une tête en bois), ou inventés;
ainsi Maïdanov nous raconta une vraie nouvelle dans laquelle il mettait des sépultures,
des anges, des lyres, des fleurs parlantes et
des sons que l'on entendait au loin. Zinaïda
ne le laissa pas achever.

— Si c'est pour raconter des histoires, dit-
elle, alors que chacun, à son tour, en raconte
une de son invention...

Le premier qui dut raconter pour le paie-
ment de son amende, fut encore Belovzorov.

Le jeune hussard se troubla.

— Je ne sais rien inventer ! s'écria-t-il.

— Quelle bêtise ! fit Zinaïda. Eh bien ! imaginez-vous que vous êtes marié, et dites-nous comment vous passeriez le temps avec votre femme. Vous l'enfermeriez ?

— Je l'aurais enfermée.

— Et vous seriez resté enfermé avec elle ?

— Et je serais resté tout le temps avec elle.

— Très bien ! mais si cela l'avait ennuyée et qu'elle vous eût trompé ?

— Je l'aurais tuée !

— Et si elle s'était sauvée ?

— Je l'aurais rattrappée et je l'aurais tuée.

— C'est bien ! Maintenant, si c'était moi votre femme, qu'est ce que vous auriez fait ?

Belovzorov ne répondit pas tout de suite.

— Je me serais tué.

Zinaïda sourit.

10

— Je crois qu'avec vous les choses ne traînent pas en longueur.

La deuxième amende fut pour Zinaïda. Elle leva les yeux au plafond et devint pensive.

— Ecoutez, commença-t-elle, ce que j'ai inventé. Imaginez-vous un superbe palais, une nuit d'été et un bal splendide que donne la jeune reine. Partout de l'or, du marbre, du cristal, de la soie, des lumières, des perles, des fleurs, des parfums, tout le luxe de la richesse...

— Aimez-vous le luxe?... interrompit Louchine.

— Le luxe est joli, répondit Zinaïda, et j'aime tout ce qui est joli.

— Plus que le beau ? repartit Louchine.

— C'est probablement quelque chose de très profond que vous dites là, je ne comprends pas. Ne m'empêchez pas de continuer.

Alors, le bal est splendide; il y a beaucoup d'invités, ils sont tous jeunes, beaux, braves, et tous, jusqu'à la folie, amoureux de la reine.

— Il n'y a pas de femmes parmi les invités? demanda Malevsky.

— Non! ou... attendez... oui, il y en a.

— Elles sont laides?

— Splendides! très belles! Mais les hommes sont tous amoureux de la jeune reine; elle est grande et svelte; elle porte un petit diadème en or dans ses cheveux noirs.

Je regardais Zinaïda, et, dans cet instant, elle semblait nous dominer tous. Sur son front blanc, ses sourcils immobiles, se reflétait un esprit si élevé, une intelligence si sereine, une puissance si impérieuse, que je pensais à part moi:

« C'est toi-même qui es la reine. »

— Tout le monde se groupe autour d'elle,

continua Zinaïda ; chacun lui adresse es
paroles les plus flatteuses.

— Aime-t-elle qu'on la flatte ? demanda
Louchine.

— Quel insupportable ! Il m'interrompt
toujours ! Mais qui n'aime pas la flatterie ?

— Encore une dernière question, demanda
Malevsky ; la reine a-t-elle un mari ?

— Je n'ai pas songé à cela. Non. Pourquoi
un mari ?

— Au fait, c'est vrai ! Pourquoi un mari ?
ajouta en français en se reprenant Malevsky.

— Merci, lui répondit également en français Zinaïda. — Alors la reine écoute ces
flatteries, elle écoute la musique, mais
ne regarde aucun de ses invités. Six fenêtres
allant du plafond au parterre sont largement
ouvertes, et laissent voir le ciel foncé parsemé
de brillantes étoiles, le jardin obscur et ses
grands arbres ; la reine regarde le jardin. Là-

bas, près des arbres, est une fontaine qui apparaît blanche et longue, longue comme un fantôme dans la nuit. La reine, à travers les conversations et la musique, entend le doux bruit de l'eau. Elle regarde et pense : « Vous tous, jeunes gens, vous êtes chevaleresques, vous êtes intelligents et riches, vous m'entourez, vous recueillez chaque mot qui sort de ma bouche, vous êtes prêts à mourir à mes pieds, vous m'appartenez ; et là-bas, près de la fontaine, près de l'eau qui murmure, m'attend celui que j'aime, celui à qui j'appartiens, moi. Il ne porte pas de riches habits, des pierres précieuses ; il est inconnu, mais il m'attend, il est sûr que je viendrai, et aucune force ne m'arrêtera quand je voudrai aller à lui, et rester auprès de lui, et me perdre avec lui, là-bas, dans le jardin sombre, au bruit des arbres et au murmure de la fontaine... »

Zinaïda se tut.

— C'est une invention ? demanda malicieusement Malevsky.

Zinaïda ne le regarda même pas.

— Et qu'aurions-nous fait, nous autres, si nous avions été au nombre des invités ? demanda Louchine, et si nous avions connu l'existence de cet heureux auprès de la fontaine ?

— Attendez ! attendez ! reprit Zinaïda. Je vais vous dire ce qu'aurait fait chacun de vous. Vous, Belovzorov, vous l'auriez appelé en duel ; vous, Maïdanov, vous auriez écrit une épigramme. Vous auriez fait une série d'iambes comme Barbier, et vous les auriez fait paraître dans le *Télégraphe*. Vous, Nirmatsky, vous lui auriez emprunté... non, vous lui auriez prêté de l'argent avec intérêt ; vous, docteur... elle s'arrêta... je ne sais pas ce que vous auriez fait...

— Comme médecin de la reine, dit Louchine, j'aurais conseillé à Sa Majesté de ne pas donner de fête quand son esprit était ailleurs.

— Peut-être auriez-vous eu raison. Et vous comte ?...

— Et moi ? répéta Malevsky avec son méchant sourire.

— Vous auriez apporté à cet heureux une bonbonnière empoisonnée.

La figure de Malevsky grimaça légèrement et, pour un instant, exprima quelque chose de venimeux et de sournois ; mais tout à coup, il se mit à rire.

— Quant à vous, monsieur Valdemar... continua Zinaïda. Mais assez, commençons un autre jeu.

— M. Valdemar, en sa qualité de page de la reine, aurait porté sa traine quand elle aurait couru au jardin, remarqua Malevsky avec une intonation pleine de fiel.

Je me redressai d'indignation, mais Zinaïda mit promptement sa main sur mon épaule et prononça d'une voix un peu tremblante :

— Je n'ai jamais donné à Votre Seigneurie le droit d'être insolent ; et je vous prie de sortir, dit-elle en montrant la porte.

— Mais permettez, princesse... prononça Malevsky en devenant tout pâle.

— La princesse a raison ! s'écria Belovzorov qui se leva aussi.

— Ah ! par exemple. Je ne croyais pas... Dans mes paroles il me semble qu'il n'y avait rien... Dans mon esprit, je n'avais l'idée de blesser personne ; excusez-moi.

Zinaïda l'enveloppa d'un regard froid, et froidement elle sourit.

— Soit, restez, prononça-t-elle avec un geste dédaigneux. M. Valdemar et moi, nous nous sommes fachés pour rien. Cela vous réjouit de lancer du venin... A votre guise !...

— Excusez-moi, répéta de nouveau Malevsky.

Quant à moi, en me souvenant du geste de Zinaïda, je pensais qu'une vraie reine n'aurait pas montré la porte avec plus de dignité qu'elle ne le fit.

Le jeu des fants ne continua plus longtemps après cette petite scène. Tout le monde se trouvait un peu gêné, moins de la scène en elle-même que d'un autre sentiment qu'on ne pouvait pas nettement définir, mais qui pesait, dont personne ne parlait et que chacun sentait en soi-même et dans son voisin.

Maïdanov nous lut ses poésies et Malevsky les loua avec un redoublement de chaleur.

— Comme il veut se montrer aimable, maintenant, me chuchota Louchine.

On se sépara bientôt. Zinaïda devint tout à coup pensive. La vieille princesse envoya dire qu'elle avait mal à la tête. Nirmatsky commença à se plaindre de ses rhumatismes.

Je fus longtemps sans pouvoir dormir. Le
récit de Zinaïda m'avait frappé. « Est-il possible qu'il y ait là une allusion ? Et y a-t-il
réellement quelque chose à en déduire ? Que
conclure ? Non, non ! c'est impossible », murmurai-je en me tournant d'une joue brûlante
sur l'autre. Mais je me rappelais l'expression
du visage de Zinaïda pendant son récit... Je
me rappelais les exclamations que Louchine
avait laissé échapper au jardin Neskoutchnoé,
le changement inattendu de Zinaïda dans sa
manière d'être vis-à-vis de moi, et je me perdais dans mes soupçons.

« Qui est-il ? »

Ces trois mots se dressaient sans cesse devant mes yeux ; je les voyais écrits dans l'obscurité : c'était comme un nuage sinistre et bas
qui pesait lourdement sur moi et d'où je

m'attendais, d'un instant à l'autre, à voir
éclater la foudre.

Je m'étais habitué à beaucoup de choses
chez les Zassékine : leur désordre, leurs chan-
delles dans le salon, les couteaux et les four-
chettes cassés, les brusqueries de Vonifati, les
vêtements sales des femmes de chambre, la
tenue de la vieille princesse, toute cette irré-
gularité de vie ne me frappait plus... Mais je
ne pouvais pas me faire à ce quelque chose
d'indéfinissable que je sentais dans Zinaïda.
« Aventurière », disait d'elle, une fois, ma
mère ! « Aventurière », elle ! mon idole ! ma
divinité ! Cette épithète me brûlait. Je cachais
ma tête dans le coussin pour fuir cette idée :
j'étais indigné et en même temps, que n'au-
rais-je pas fait, à quoi ne me serais-je pas
résigné pour être à la place de cet heureux, à
la fontaine !...

Mon sang bouillonnait, et, de nouveau, mon

imagination délirait : « Le jardin, la fontaine »
pensais-je. « Et si j'allais au jardin. » Promptement je m'habillai et me glissai hors de la
maison.

La nuit était sombre ; les arbres chuchotaient
à peine ; du ciel tombait une fraîcheur paisible ; du potager arrivait la senteur du fe-
nouil. Je fis toutes les allées ; le bruit faible
de mes pas me gênait à la fois et m'encoura-
geait ; je m'arrêtais, j'attendais ! J'écoutais
les battements forts et précipités de mon cœur ;
enfin je m'approchai de la haie et je m'appuyai contre un pieu.

Tout à coup, n'était-ce qu'une illusion ? je vis
une silhouette de femme. Je regardai fixement
dans l'obscurité en retenant mon souffle.
« Qu'est-ce donc ? Sont-ce des bruits de pas
que j'entends, ou bien encore les battements
de mon cœur ? »

— Qui est là ? balbutiai-je à peine.

« Qu'y a-t-il? Est-ce un rire étouffé, un bruit de feuilles, que jai entendu, ou un soupir près de mon oreille? » J'avais peur.

— Qui est là? répétai-je encore plus bas.

L'air se troubla un instant. Sur le ciel se dessina une rayure claire ; une étoile filait.

— Zinaïda? voulus-je crier, mais le son mourut sur mes lères. Soudain tout redevint immobile autour de moi, comme il arrive souvent au milieu de la nuit ; les grillons eux-mêmes arrêtèrent leur crépitement dans les arbres ; on entendit seulement le bruit d'une fenêtre qui se fermait. J'attendis encore et retournai enfin dans mon lit refroidi.

Je sentais une agitation étrange comme si je revenais d'un rendez-vous où je me serais trouvé seul, en passant à côté du bonheur d'un autre.

XVII

Le lendemain je vis Zinaïda en passant seulement. Elle partit en voiture avec la vieille princesse; mais en revanche j'aperçus Louchine, qui m'honora à peine d'un salut, et Malevsky. Le jeune comte me parla d'une façon amicale. De tous les visiteurs du pavillon, lui seul avait su s'introduire chez nous et maman l'aimait. Mon père ne l'aimait pas et le traitait avec une stricte politesse qui allait jusqu'à l'offense.

— Ah! monsieur le page, dit en français

Malevsky. Je suis heureux de vous rencontrer.
Que fait votre charmante reine?

Sa figure fraîche et jolie m'était si répulsive
en se moment et il me regardait avec un tel
air railleur et méprisant, que je ne lui répondis pas.

— Vous êtes toujours fâché? continua-t-il
ça ne vaut pas la peine ! Ce n'est pas moi qu
vous ai appelé page ; et les pages se trouvent
en général chez les reines ; permettez-moi de
vous faire remarquer que vous ne remplissez
pas bien vos fonctions.

— Comment cela?

— Les pages doivent être toujours auprès
de leurs souveraines ; les pages doivent savoir
tout ce qu'elles font ; ils doivent même les
surveiller de nuit et de jour, ajouta-t-il en
baissant la voix.

— Que voulez-vous dire?

— Ce que je veux dire ? Il me semble que je m'explique clairement : de jour et de nuit. De jour, on peut encore se relâcher, il fait clair et il y a du monde ; mais la nuit, c'est alors qu'il faut s'attendre à un malheur. Je vous conseille de ne pas dormir la nuit et de sur-veiller, de surveiller de toutes vos forces. Vous vous rappelez bien la nuit, dans le jardin, près de la fontaine ; c'est là qu'il faut monter la garde. Vous m'en remercierez.

Malevsky se mit à rire et me tourna le dos. Il ne me semblait pas donner une grande im-portance à ce qu'il disait ; il avait la réputation d'un grand mystificateur et était passé maître dans l'art d'intriguer les autres au bal masqué, à quoi aidait beaucoup la nature menteuse jusqu'à l'inconscience dont tout son être était composé...

Voulait-il seulement me taquiner ? mais chacune de ses paroles pénétrait comme du

11

poison dans toutes mes veines ; le sang me montait à la tête.

« Ainsi, voilà ce qui se passe, me disais-je en moi-même, c'est bien ! Ce n'est pas impunément que quelque chose m'attirait au jardin. Eh bien ! il n'en sera pas ainsi ! » m'écriai-je à haute voix, et je frappai ma poitrine du poing, sans savoir bien au juste ce qui ne serait pas ainsi.

« Serait-ce Malevsky lui-même qui viendrait au jardin ? Il s'est peut-être trahi. Il a pour cela assez d'impertinence. Ou serait-ce quelqu'un autre ? » — La haie de notre jardin était très basse, et il n'était pas difficile de l'enjamber. — « En tout cas celui qui me tombera sous la main n'aura pas à s'en féliciter et je ne souhaite à personne de me rencontrer. Je prouverai au monde entier et à elle, cette traîtesse (je l'appelais traîtresse), que je sais me venger. »

Je revins dans ma chambre et retirai de mon bureau un couteau anglais que j'avais dernièrement acheté ; j'essayai le tranchant de la lame et, les sourcils froncés, avec une décision froide et concentrée, je le cachai dans ma poche, comme si ces sortes d'affaires me fussent très familières et que je m'en fusse mêlé plus d'une fois.

Mon cœur se raidissait avec colère, et, jusqu'à la nuit, je restai le front soucieux, et les lèvres muettes. Je ne faisais qu'aller et venir sans cesse, en serrant dans ma main le couteau qui en devenait chaud dans ma poche, et en me préparant d'avance à quelque chose de terrible.

Ces sensations nouvelles et inconnues m'occupaient et me distrayaient même à tel point que l'idée de Zinaïda en était effacée. J'entendais à chaque instant :

« Aleko, jeune tzigane, où vas-tu, beau gar-

çon ? Reste couché !... » Et ensuite : « Tu es
tout ensanglanté !... Oh ! qu'as-tu fait?... —
Rien ! (1) »

Avec quel sourire cruel je répétais : « Rien. »

Mon père n'était pas à la maison, mais ma
mère, qui depuis quelque temps se trouvait
dans un état d'irritation sourde presque constante, remarqua mon air fatal et me dit pendant le souper :

— Qu'est-ce que tu as à souffler comme une
souris sur du grain ?

Pour toute réponse, je souris d'un air condescendant, et je pensai : « S'ils savaient. »

Onze heures sonnèrent. Je me retirai chez
moi, mais je ne me déshabillai pas et j'attendis
minuit. Enfin minuit sonna aussi.

« Il est temps, » murmurai-je entre mes
dents, et me boutonnant jusqu'en haut,

(1) Poème de Pouchkine intitulé : *les Tziganes.*

retroussant même mes manches, je me dirigeai vers le jardin. J'avais combiné d'avance l'endroit où je devais monter la garde. Au bout du jardin, à l'endroit où la haie qui séparait notre propriété de celle des Zassékine s'appuyait au mur commun, se trouvait un sapin isolé.

En me dissimulant sous ses branches épaisses, je pouvais bien distinguer, autant que l'obscurité de la nuit le permettrait, ce qui se passait autour de moi. A mes pieds se déroulait un sentier qui me semblait mystérieux. Comme un serpent, il rampait le long de la haie, laquelle portait en cet endroit la trace des pas qui l'avaient franchie. Le sentier conduisait ensuite vers un kiosque arrondi d'acacias touffus. J'arrivai jusqu'au sapin, je m'appuyai à son tronc et je me mis à surveiller.

La nuit était aussi calme que la précédente, mais le ciel était moins couvert et l'on dis-

tinguait les ombres des arbustes et même
les hautes fleurs. Les premiers instants de
l'attente me parurent pesants, j'éprouvais une
sorte de peur. J'étais décidé à tout, je réfléchissais seulement de quelle manière j'agirais.
Allais-je dire en tonnant : « Où vas-tu ?
Arrête ! parle, ou la mort ! » ou bien fallait-il
carrément frapper ?...

Je me préparais, je me penchais en avant.
Mais une demi-heure se passa, une heure,
mon sang se tranquillisait et se refroidissait.
L'idée que ce que je faisais en cet instant était
inutile et même ridicule et que Malevsky s'était
moqué de moi, commençait à entrer dans mon
esprit. J'abandonnai mon poste ; je fis le tour
du jardin. Et justement, comme par l'effet du
hasard, tout était tranquille aux alentours ;
tout dormait, même notre chien couché en
rond comme une pelote près de la petite porte
d'entrée. Je montai sur le mur en ruines de la

serre. Je vis au loin devant moi la vaste prairie, je me souvins de ma rencontre avec Zinaïda et je devins pensif...

Je frissonnai ; il me sembla entendre le bruit d'une porte qui s'ouvrait, puis le léger froissement d'une branche cassée. En deux enjambées, je descendis des ruines et je restai pétrifié sur place.

Des pas pressés, mais légers et prudents, se faisaient entendre dans le jardin ; ils se rapprochaient de moi.

« Les voilà ! Les voilà enfin ! » Ces mots traversèrent mon cœur.

Je tirai convulsivement le couteau de ma poche, et, convulsivement, je l'ouvris. Déjà je voyais rouge ; de colère et de peur mes cheveux commençaient à se dresser sur ma tête. Les pas arrivaient directement sur moi. Je me courbai, je me pelotonnai pour m'élancer à leur rencontre. Un homme se montra... Mon Dieu ! c'était mon père !

Je le reconnus tout de suite, bien qu'il fût enveloppé de son manteau et qu'il eût abaissé son chapeau sur ses yeux. Il passa près de moi en marchant sur la pointe des pieds et ne me vit pas, bien que rien ne me cachât, mais je m'étais tellement rapetissé que j'étais presque à ras du sol.

Le jaloux Othello prêt à tuer se transforma instantanément en écolier.

J'étais tellement effrayé de la vue de mon père que, dans le premier moment, je ne remarquai même pas d'où il venait ni de quel côté il allait. Ce fut seulement quand tout redevint tranquille que je pensai: « Que fait ainsi mon père au jardin la nuit ? »

De peur je laissai tomber mon couteau par terre, et je ne le cherchai même pas. J'étais très honteux. Je me trouvai soudainement dégrisé.

Cependant, à mon retour vers la maison, je m'approchai du banc d'où l'on pouvait voir la fenêtre de Zinaïda. Dans les vitres étroites, la lumière qui tombait du ciel se réflétait en lueur bleuàtre. Soùdain la couleur changea, et je vis, je vis clairement que le store blanc fut prudemment descendu jusqu'en bas, où il resta immobile.

« Mais qu'est-ce que cela signifie ? » m'écriai-je presque involontairement quand je me trouvai de nouveau dans ma chambre. « Ai-je rêvé? ou bien est-ce une coïncidence, ou... » Les soupçons qui entraient tout a coup dans ma tête étaient si nouveaux et si étranges que je n'osais même pas m'y arrêter.

XVIII

Le lendemain je me levai avec un mal de tête. La surexcitation de la veille avait disparu et s'était changée pour moi en un doute qui me pesait, en une tristesse comme je n'en n'avais jamais encore ressenti. Il me semblait que quelque chose mourait en moi.

— Vous avez l'air d'un lapin à qui on a enlevé la moitié de la cervelle, me dit Louchine qui me rencontra.

A déjeuner, je regardai comme un voleur, à la dérobée, tantôt ma mère, tantôt mon

père. Lui était tranquille comme à l'ordinaire ;
elle, comme à l'ordinaire, sourdement irritée.
Je me demandais si mon père allait me parler
amicalement comme il avait quelquefois
l'habitude de le faire ; mais il ne me donna
même pas sa caresse froide de chaque jour.

« Faut-il raconter tout à Zinaïda ? pensai-je.
Toutefois, d'une manière ou d'une autre, tout
est fini entre nous. »

J'allai chez elle, et non seulement je ne
lui racontai rien, mais je n'eus même pas
l'occasion de causer avec elle comme je l'aurais voulu.

Le fils de la vieille princesse était arrivé
de Pétersbourg pour les vacances ; c'était un
collégien de douze ans. Zinaïda mit tout de
suite son frère sous ma protection.

— Voilà, dit-elle, mon cher Volodia (1)

_____

(1) Diminutif de Valdemar.

(c'était la première fois qu'elle m'appelait ainsi), voilà un camarade pour vous, on l'appelle aussi Volodia. Je vous prie de l'aimer ; il est encore sauvage, mais il a un bon cœur. Montrez-lui Neskoutchinoïé, promenez-vous avec lui et prenez-le sous votre protection. N'est-ce pas, vous ferez cela ? vous êtes si bon !

Elle appuya doucement ses deux mains sur mes épaules, et je me troublai tout à fait.

L'arrivée de ce gamin me retransforma moi-même en gamin. Je regardais sans mot dire le collégien qui, sans mot dire aussi, me regardait. Zinaïda éclata de rire et nous poussa l'un vers l'autre.

— Mais embrassez-vous donc !

Et nous nous embrassâmes.

— Voulez-vous que je vous mène au jardin ? demandai-je au collégien.

— Si vous le désirez, répondit-il d'une

petite voix enrouée, une vraie voix de cadet (2).

Zinaïda rit de nouveau. J'eus l'occasion de remarquer qu'elle n'avait jamais encore eu de si jolies couleurs. Je partis avec le cadet.

Dans notre jardin, se trouvait une vieille balançoire; je le fis asseoir sur la mince planche et commençai à le balancer. Il était assis immobile dans son uniforme de gros drap neuf orné de larges broderies d'or et, de toute sa force, il se tenait aux cordes.

— Mais déboutonnez votre col, lui dis-je.

— Ce n'est rien, nous y sommes habitués, répondit-il en toussotant.

Il ressemblait à sa sœur, ses yeux surtout me la rappelaient. Il m'était agréable de le servir; mais en même temps, une âpre tristesse me mordait le cœur. « En effet, mainte-

(2) De l'école militaire des cadets.

nant je suis comme un enfant ! pensai-je, mais hier... »

Je me souvins de l'endroit où j'avais laissé tomber mon couteau la veille; je le recherchai et le trouvai. Le cadet me le demanda. Il coupa une branche de houx de laquelle il fit une flûte et commença à siffler. Othello sifflait aussi.

Mais, en revanche, comme il pleura le soir, ce même Othello, sur les mains de Zinaïda, quand le trouvant dans un coin du jardin, elle lui demanda pourquoi il était si triste. Mes larmes jaillirent si soudainement qu'elle s'en effraya.

— Qu'avez-vous? qu'avez-vous, Volodia? répéta-t-elle, et, voyant que je ne répondais pas et que je ne cessais pas de pleurer, l'idée lui vint d'embrasser ma joue humide. Mais je me détournai d'elle et je chuchotai à travers mes sanglots :

— Je sais tout! mais pourquoi alors avez-vous joué avec moi?... Pourquoi aviez-vous besoin de mon amour ?

— Je suis coupable envers vous, Volodia, prononça-t-elle. Ah! Volodia, je suis très coupable! ajouta-t-elle en joignant ses deux mains. Combien il y a en moi de mauvais, de ténebreux et de pervers!... Mais maintenant je ne joue pas avec vous. Je vous aime, vous ne soupçonnez même pas comment et pourquoi?... Mais après après tout, qu'est-ce que vous savez?

Que pouvais-je lui répondre? Elle resta debout devant moi en me regardant. Je lui appartenais de la tête aux pieds dès qu'elle me regardait... Un quart d'heure après, je jouais déjà avec le cadet et Zinaïda à nous attraper l'un l'autre. Je ne pleurais pas, je riais: bien que mes paupières, plissées par le rire, jetassent encore des larmes.

Autour de mon cou, en guise de cravate, était un ruban à Zinaïda, et je criais de joie quand j'avais réussi à l'attraper par la taille. Elle faisait tout ce qu'elle voulait de moi.

12

XIX

On m'aurait mis dans un grand embarras
si l'on m'avait prié de raconter, dans tous les
détails, ce qui se passa en moi pendant toute
la semaine qui suivit mon expédition manquée
de la nuit. Ce fut, pour moi, un temps
étrange et fiévreux, un chaos quelconque,
dans lequel les sentiments les plus extrêmes,
les idées, les soupçons, les espérances, les
joies, les souffrances tournaient comme le
vent. J'avais peur de regarder en moi, si un
garçon de seize ans peut regarder en lui. Je

craignais de me rendre compte de quoi que
ce fût. Je me bornais simplement à vivre à la
hâte pendant le jour; et la nuit, je dor-
mais... L'insouciance de l'enfance m'y aidait.

Je ne voulais pas savoir si l'on m'aimait, et
je ne voulais pas convenir en moi-même qu'on
ne m'aimait pas. Je fuyais mon père; mais
Zinaïda, je ne le pouvais; la présence de celle-
ci me brûlait comme du feu. Mais pourquoi
me serais-je préoccupé du genre de feu sous
lequel je brûlais et fondais, du moment qu'il
était doux pour moi de brûler et de fondre?

Je m'abandonnais à toute son influence;
j'essayais de me tromper moi-même, je me
détournais de mes souvenirs et je fermais les
yeux sur l'avenir.

Cet état n'aurait pas pu durer longtemps.
Un coup de tonnerre arrêta net les choses et
me jeta sur une nouvelle voie.

En rentrant un jour pour le dîner après une

assez longue promenade, j'appris avec étonnement que je dînerais seul, que papa était parti,
que maman, étant souffrante, ne voulait pas
diner et. s'était enfermée dans sa chambre.
Mais, par les figures des valets, je compris
que quelque chose d'extraordinaire avait dû
se passer. Je n'osais pas interroger, mais
j'avais un ami dans le jeune maître d'hôtel
Philippe, un admirateur passionné de poésie
et un artiste sur la guitare. Ce fut à lui que je
m'adressai.

J'appris de lui qu'entre maman et papa
avait eu lieu une scène terrible : de la lingerie
on entendait tout ; beaucoup de choses avaient
été dites en français, mais la femme de chambre
avait été cinq ans chez une couturière à Paris
et comprenait tout. Maman avait reproché à
papa son infidélité et ses relations avec la
demoiselle voisine. Au commencement papa
s'était défendu ; puis il s'était emporté et avait

eu un mot cruel pour maman. « Il parla de
son âge. » Là-dessus, maman avait pleuré
et avait parlé d'un effet souscrit à la vieille
princesse, et elle traita fort mal la princesse
et sa fille ; à ce moment papa avait menacé.

— Et tout ce malheur, continua Philippe,
est venu d'une lettre anonyme ; qui l'a écrite,
on ne sait pas ! Sans cela, cette affaire serait
toujours restée cachée.

— Mais est-ce qu'il y avait vraiment quelque
chose? prononçai-je avec peine, tandis que
mes mains et mes pieds devenaient froids et
que quelque chose tremblait dans le fond de
ma poitrine.

Philippe eut un clignement d'œil expressif :

— Il y avait quelque chose. On ne peut pas
cacher ces affaires-là. Votre père cependant
est assez prudent, mais dans ces intrigues, on
est forcé ou de louer une voiture ou toute
autre chose ; on a toujours des témoins.

Je renvoyai Philippe et j'allai me jeter sur
mon lit. Je ne sanglotai pas, je ne m'abandonnai pas au désespoir, je ne me demandai
pas comment tout cela était arrivé ; je ne m'é-
tonnai pas de n'avoir pas deviné tout cela
avant, je n'accusai même pas mon père. Ce
que je venais d'appendre était plus fort que
mes forces. Cette révélation soudaine m'é-
crasait... Tout était fini... Toutes les fleurs de
mon âme étaient arrachées d'un coup et gisaient
éparses autour de moi, flétries et piétinées.

XX

Le lendemain, maman annonça qu'on re-
tournerait habiter en ville. Le matin, papa
était entré dans sa chambre à coucher et était
resté longtemps en tête à tête avec elle. Personne n'avait rien entendu de leur conversations mais maman ne pleurait plus; elle
s'était calmée et avait mangé, seulement elle
ne s'était pas montrée et ne changeait rien à
sa résolution.

Je me souviens que toute la journée j'errai
au hasard, mais je n'allai pas au jardin, pas

une seule fois je ne regardai le pavillon, et le soir je fus témoin d'un fait étonnant. Mon père mena sous le bras le comte Malevsky du salon jusqu'au vestibule, et, en présence du laquais, dit d'une voix froide :

— Il y a quelques jours, dans une maison, on a montré la porte à Votre Seigneurie, et maintenant, je ne veux pas entrer avec vous dans des explications, mais j'ai l'honneur de vous annoncer que si vous prenez la peine de venir chez moi encore une fois, je vous jetterai par la fenêtre. Je n'aime pas votre écriture.

Le comte se courba, en se rapetissant, serra les dents et disparut.

On commença les préparatifs du déménagement en ville du côté de l'Arbate où nous avions une maison. Papa, probablement, ne tenait plus lui-même à rester à la campagne ; il avait seulement prié maman de ne pas faire de scandale. Tout se passait en silence, sans hâte ; maman avait même fait dire de saluer la vieille princesse et de la prier de l'excuser si une indisposision l'empêchait d'aller prendre congé d'elle.

J'étais comme perdu, ne souhaitant qu'une seule chose, c'est que tout fût au plus vite fini. Une seule idée me poursuivait : « Comment pouvait-elle, jeune fille, princesse, se laisser aller à une semblable action, sachant que mon père n'était pas libre, et qu'elle, au contraire, avait la possibilité de se marier, quand ce n'eût été qu'avec Belovzorov? Qu'avait-elle donc espéré? Comment n'avait-elle pas eu peur de briser tout son avenir?

« Oui, criais-je, voilà l'amour, voilà jusqu'où peuvent aller la passion et le dévouement! Et je me souvins des paroles de Louchine : il en est à qui il est doux de se sacrifier. »

Il m'arriva une fois d'apercevoir dans une des fenêtres du pavillon une tache pâle. « Est-il possible que ce soit le visage de Zinaïda ? » pensai-je. Oui, c'était son visage. Je ne pouvais plus me retenir ; je ne pouvais plus me résigner à me séparer d'elle sans lui dire un dernier adieu, je saisis un moment favorable et j'allai dans le pavillon.

Au salon, la vieille princesse m'accueillit de son air ordinaire, à la fois distrait et nonchalant.

— Qu'est-ce donc, mon petit père, que vos parent se sont imaginé de quitter la campagne sitôt dans la saison? dit-elle en bourrant ses deux narines de tabac.

Je la regardai et je me sentis soulagé : le mot « effet souscrit » prononcé par Philippe me tourmentait : et elle paraissait ne se douter de rien. Du moins cela me semblait ainsi en ce moment

Zinaïda en robe noire, pâle, les cheveux défrisés, apparut sur le seuil de la chambre voisine ; elle me prit silencieusement par la main et m'emmena avec elle.

— J'ai entendu votre voix, commença-t-elle, et je suis venue tout de suite. Alors, il vous en coûte si peu que cela de nous abandonner, méchant garçon ?

— Je suis venu vous dire adieu, princesse, répondis-je, probablement pour toujours. Peut-être avez-vous déjà entendu dire que nous partions ?

Zinaïda me regarda fixement.

— Oui, je l'ai entendu dire. Je vous remercie d'être venu ; je pensais même que je ne vous reverrais pas. Ne gardez pas de moi un mauvais souvenir. Je vous ai quelquefois tourmenté, mais cependant, je ne suis pas telle que vous me croyez.

Elle se détourna et s'appuya contre la
fenêtre.

— Je vous assure, je ne suis pas comme
vous croyez, je sais que vous me jugez mal.

— Moi?

— Oui! vous! vous!

— Moi! répétai-je amèrement et mon cœur,
de nouveau, trembla comme avant sous l'influence de la même fascination inexplicable
et irrésistible.

— Moi?... Croyez, Zinaïda Alexandrovna,
que quoi que vous eussiez fait, et alors même
que vous m'auriez tourmenté, je vous aime-
rais et je vous adorerais jusqu'à la fin de mes
jours.

Elle se retourna subitement vers moi et,
ouvrant ses mains, elle en entoura ma tête et
m'embrassa chaudement et fortement. Dieu
sait à qui allait ce long baiser d'adieu! mais

j'en goûtai quand même la douceur ; je savais qu'il ne se répéterait jamais plus.

— Adieu! adieu ! répétai-je...

Elle s'arracha de moi et sortit. Je partis aussi. Je ne suis pas capable d'expliquer le sentiment avec lequel je partis. Je ne désirerais pas qu'une pareille émotion se renouvelât, mais je serais malheureux de ne l'avoir jamais éprouvée.

Notre déménagement s'effectua.

Bien longtemps je fus avant de pouvoir me débarrasser du passé, et bien longtemps je restait avant de me remettre à l'ouvrage. Ma blessure se guérissait lentement, mais contre mon père, je n'éprouvais aucun mauvais sentiment. Loin de là, il semblait grandi à mes yeux. Que les psychologues expliquent comme ils le voudront ce contresens...

Un jour, en me promenant dans un jardin

public, je rencontrai Louchine à ma grande
satisfaction. Je l'aimais pour son caractère
franc, puis il m'était cher pour les souvenirs
qu'il réveillait en moi. Je me précipitai vers
lui.

— Ah ! prononça-t-il, puis il fronça le sourcil. C'est vous, jeune homme, voyons que je
vous examine. Vous êtes toujours jaune ;
mais vous n'avez plus cette vilaine expression
dans les yeux ; vous avez l'air d'un homme
maintenant, plus d'un chien d'appartement.
C'est bien. Racontez-moi alors : vous travaillez ?

Je soupirai ; je ne voulais pas mentir et
j'avais honte de dire la vérité.

— N'importe ! Ne vous découragez pas, reprit Louchine, la principale chose c'est la vie
normale et savoir se soustraire aux in-
fluences ; autrement qu'est-ce qui en arrive ?
On est mal partout où le flot ne vous porte
pas naturellement : alors même que l'homme

n'a qu'une pierre pour base, qu'il reste droit
sur ses jambes ! Quant à moi, je tousse... et
Belovzorov ? avez-vous appris ?

— Non. Quoi ?

— Il a disparu. On dit qu'il est parti pour
le Caucase. C'est une leçon pour vous, jeune
homme. Et tout ça parce qu'il n'a pas su se
dégager à l'instant voulu, rompre les liens.
Vous, par exemple, vous en êtes sorti sain et
sauf. Eh bien ! prenez garde, n'y retombez
plus. Adieu.

« Je n'y retomberai plus, pensai-je. Je ne
la reverrai plus. » Mais ma destinée était
de revoir Zinaïda encore une fois.

XXI

Mon père sortait chaque jour à cheval. Il avait un excellent cheval anglais alezan, infatigable et méchant, avec un long cou fin et de longues jambes ; on l'appelait « Electric ». Sauf mon père, personne ne pouvait le monter.

Un jour que mon père était dans cette bonne disposition d'humeur que depuis longtemps on ne lui avait vue, il vint à moi. Il était sur le point de monter à cheval et déjà éperonné. Je le priai de me permettre de l'accompagner.

— Jouons plutôt au cheval fondu, me répondit-il, car avec ta mauvaise monture tu ne pourrais pas me suivre.

— Si fait, je mettrai aussi des éperons.

— Allons, soit !

Nous partîmes.

J'avais un petit cheval moreau, velu, fort sur ses jambes et suffisamment rapide. Il lui fallait galoper à toute bride quand Electric allait de son plein trot ; mais quand même, il ne restait pas en arrière.

Je n'ai jamais vu un cavalier comme mon père. Il était si gracieux en selle, il avait une adresse si naturelle, que le cheval semblait le sentir sous lui et s'enorgueillissait.

Nous suivîmes tous les boulevards ; nous passâmes dans le champs Devitchi, nous franchîmes plusieurs haies ; d'abord j'avais peur de sauter, mais je savais que mon père méprisait les peureux et je n'eus plus peur.

A deux reprises, nous traversâmes la Moscova, et je pensais déjà que nous allions revenir vers la maison, d'autant plus que mon père remarqua lui-même que mon cheval était fatigué, quand tout à coup je le vis tourner bride et s'éloigner du côté du gué de Crimée et galoper le long de la rive. Je le suivis ; en passant à côté d'un haut monceau de vieux bois, mon père descendit vivement d'Electric, m'ordonna de descendre aussi et me donnant les brides de son cheval, il me demanda de l'attendre près du tas de bois, puis il tourna dans une petite ruelle et disparut.

Je me mis à aller et venir le long de la rive en conduisant les chevaux derrière moi, et en grondant Electric, qui ne faisait que secouer la tête, piaffer et hennir. Qand je m'arrêtais, il grattait la terre, tantôt de l'un tantôt de

l'autre de ses fers de devant, mordait avec un
petit hennissement le cou de mon cheval ; en
un mot, il se conduisait comme un « pur
sang » gâté.

Mon père ne revenait pas. Une fraîcheur
désagréable montait de la rivière. Une fine
pluie commençait à tomber doucement et
bigarrait de petites taches sombres les grandes
poutres bêtes et grises autour desquelles
je tournais et qui commençaient à m'aga-
cer.

L'ennui me prenait et mon père ne revenait
toujours pas. Un sergent de ville d'origine
finnoise, tout gris lui aussi, avec un vieux
shako, en forme de pot, et une hallebarde (à
quel propos un sergent de ville se trouvait-il
en cet endroit?) s'approcha de moi, et en tournant vers moi son visage ratatiné de vieille
femme, me dit :

— Que faites-vous ici avec ces chevaux,

jeune barine? Donnez-les-moi donc, je vais les
tenir un peu.

Je ne lui répondis pas; il me demanda du
tabac. Pour me débarrasser de lui d'autant
plus que mon impatience augmentait, je fis
quelques pas dans la direction où mon père
s'était éloigné; j'allai jusqu'au bout de la
ruelle, je tournai le coin et je m'arrêtai. Dans
la rue, à quarante pas de moi, devant la fenêtre ouverte d'une petite maison en bois, mon
père se tenait debout; il me tournait le dos.
Il était penché sur l'appui de la fenêtre, tandis
que dans la maisonnette, à demi cachée par
les rideaux, une femme vêtue d'une robe sombre était assise et s'entretenait avec mon père.
Cette femme c'était Zinaïda.

J'étais stupéfait. Je ne m'attendais aucune-
ment à cela. Mon premier mouvement fut de
me sauver. « Mon père va se retourner, pensai-
je, et je suis perdu. » Mais un sentiment

étrange, un sentiment plus fort que la curio-
sité, même plus fort que la jalousie, plus fort
que la peur, m'arrêta. Je continuai à regarder
et je m'efforçai d'écouter.

Il me semblait que mon père exigeait quelque chose, et Zinaïda résistait. Même, dans
cet instant, je revois encore la figure de la
jeune fille, triste, sérieuse, belle et avec une
inexprimable expression de dévouement,
d'amour et de désespoir; je ne peux pas trouver de mots. Elle fit entendre quelques sons
sans lever les yeux, et sourit en gardant à la
fois un air de soumission et d'entêtement.

Dans ce sourire je retrouvai tout à fait ma
Zinaïda de jadis. Mon père haussa les épaules
et rajusta son chapeau, ce qui avait toujours
été chez lui signe d'impatience, puis on entendit ces mots :

« Vous devez vous séparer de cette... » Zinaïda se redressa et avança le bras... Tout à

coup, devant mes yeux se passa un fait in-croyable. Mon père leva la cravache avec laquelle, en cet instant, il battait de petits ta-potements sa redingote, et l'on entendit réson-ner un coup aigu sur ce bras nu jusqu'au coude.

J'eus de la peine à retenir un cri. Zinaïda sursauta, jeta un coup d'œil muet sur mon père et baisa la trace que la cravache avait faite sur son bras. Mon père rejeta sa cravache et, montant rapidement les quelques marches du petit perron, s'engouffra dans la maison. Zinaïda se retourna, et, les deux bras tendus, la tête en arrière, s'éloigna aussi de la fe-nêtre.

Avec un serrement d'effroi, avec une sorte de terreur et de stupéfaction dans le cœur, je rebroussai chemin vivement, je traversai de nouveau la ruelle et, en manquant de faire échapper Electric, je revins sur la rive. J'étais

comme étourdi. Je savais bien que mon père,
froid et retenu, était pris parfois d'accès de
rage, et malgré cela je ne pouvais encore revenir de ce que j'avais vu, et je n'y comprenais
rien. Mais je sentis du premier moment que de
ma vie il me serait impossible d'oublier ni le
mouvement, ni le regard, ni le sourire de Zinaïda; que son image, cette image nouvelle
qui s'était soudainement dressée devant moi,
se gravait pour toujours dans mon esprit. Je
regardais stupidement la rivière et je ne sentais pas que les larmes coulaient de mes yeux.
« On la bat... pensai-je. On la bat... On la
bat!... »

— Eh bien! donne-moi mon cheval? dit
derrière moi la voix de mon père.

Je lui tendis machinalement la bride. Il
sauta sur Electric; le cheval qui avait froid se
cabra, et fit en avant un saut de trois mètres.
Mais mon père le maîtrisa bientôt, en lui en-

fonçant ses éperons dans les flancs, et en le frappant du poing sur le cou.

— Eh!... Je n'ai pas ma cravache! murmura-t-il.

Je me souvins du frémissement et du coup de cette même cravache, et je tremblai.

— Mais où l'as-tu mise? demandai-je à mon père quelques instants après.

Mon père ne me répondit pas et galopa en avant. Je le rejoignis, je voulais absolument voir sa figure.

— Tu t'ennuyais sans moi? demanda-t-il les dents serrées.

— Un peu! mais où as-tu laissé tomber la cravache? demandai-je de nouveau.

Mon père jeta un coup d'œil rapide sur moi.

— Je ne l'ai pas perdue, prononça-t-il, je l'ai jetée.

Il devint pensif et laissa tomber sa tête. Ce

fut alors que je vis pour la première fois, et
probablement pour la dernière, combien de
douceur et de regrets pouvaient exprimer ses
traits.

Il galopa de nouveau et je ne pouvais plus
le rejoindre. J'arrivai à la maison un quart
d'heure après lui :

« Voilà ce qu'est l'amour, » me disais-je de
nouveau la nuit, assis devant mon bureau, sur
lequel commençaient déjà à reparaître des
cahiers et des livres. « Voilà la passion !...
Comment, me demandais-je, ne pas se révolter ?
Comment supporter un coup d'une main,
n'importe laquelle ? fut-ce même d'une main
adorée ? Et évidemment on le peut quand on
aime !... Et moi !... Moi qui m'imaginais... »

Ces dernières semaines m'avaient beaucoup
vieilli. Combien mon amour, avec ses agita-
tions, ses troubles et ses souffrances, me semblait à moi-même quelque chose d'enfantin,

de petit, de mesquin devant cette autre chose inconnue, que je pouvais à peine deviner et qui m'effrayait comme une image belle et terrible, qu'on essaie vainement de distinguer dans la demi-obscurité !...

J'eus, la même nuit, un rêve étrange et épouvantable ; il me semblait que j'entrais dans une chambre basse. Mon père était là, debout, la cravache à la main, et frappait des deux pieds. Dans un coin, se serrait Zinaïda ; elle avait une trace rouge, non sur la main mais sur le front ; derrière mon père et elle, se dressait Belovzorov tout sanglant, ouvrant ses lèvres blêmes et menaçant mon père avec colère.

Deux mois après, j'entrai à l'Université et, six mois plus tard, mon père mourut d'apoplexie à Pétersbourg où nous étions allés demeurer depuis peu de temps.

Quelques jours avant sa mort, il reçut de Moscou une lettre qui l'agita excessivement. Il demanda quelque chose à ma mère, et l'on dit même qu'il pleura, lui! mon père!...

Le matin même du jour où l'apoplexie le frappa, il commença pour moi une lettre en français:

« Mon fils, écrivait-il, garde-toi de l'amour; crains ses bonheurs, crains ses poisons. »

Maman, après la mort de son mari, envoya à Moscou une assez forte somme d'argent.

XXII

Quatre ans s'écoulèrent ; je venais de sortir
de l'Université, je ne savais pas encore ce que
je ferais ni à quelle porte je frapperais.

Un soir, au théâtre, je rencontrai Maïdanov.
Il était marié et fonctionnaire de l'État ; je ne
trouvai aucun changement en lui ; il s'enthou-
siasmait aussi promptement qu'avant, et
aussi promptement retombait dans le décou-
ragement.

— Vous savez, me dit-il entre autres choses, Mme Dolska est ici ?

— Quelle Mme Dolska ?

— Est-ce que vous avez oublié l'ex-princesse Zassékine dont nous étions tous amoureux, vous aussi, à la campagne près de Neskoutchnoïé ?

— Elle a épousé Dolski ?

— Oui.

— Et elle est ici, au théâtre ?

— Non, mais elle est à Pétersbourg. Il n'y a pas longtemps qu'elle y est arrivée et elle veut partir pour l'étranger.

— Quel homme est-ce, son mari ?

— Un bon garçon, ayant de la fortune, mon collègue à Moscou. Vous comprenez qu'après l'histoire qu'il y a eu... Vous devez bien savoir... (Maïdanov eut un sourire significatif), il n'était pas facile pour elle de trouver à se marier... Mais avec son esprit tout est possible. Allez lui faire une visite, elle sera très contente de vous voir. Elle est devenue encore plus belle.

Maïdanov me donna l'adresse de Zinaïda. Elle était descendue à l'hôtel Demout. De vieux souvenirs se réveillaient en moi. Je me promis d'aller revoir dès le lendemain mon ancienne passion. Mais des affaires quelconques m'en empêchèrent.

Une semaine se passa, puis une autre, et quand enfin je me dirigeai vers l'hôtel Demout et demandai Mme Dolska, j'appris que quatre jours auparavant elle était morte presque subitement, de suites de couches.

Quelque chose m'atteignit au cœur. La pensée que je pouvais la voir et que je ne l'avais pas vue, que je ne la verrais plus jamais, cette pensée amère me pénétrait, s'attachait à moi avec toute la force d'un

14

reproche qui me hantait, sans qu'il me fût possible de le repousser.

« Morte ! » répétais-je en regardant stupidement le concierge, puis je ressortis lentement et m'en allai sans savoir où.

Tout le passé surnagea soudain et se retraça devant moi. « Voilà comment s'était terminée, voilà vers quoi courait agitée et rapide cette jeune vie chaude et brillante ! »

Je pensais cela, et je revoyais ces traits si chers, ces yeux, ces boucles dans une étroite caisse, dans l'obscurité humide du souterrain, tout près de moi, encore vivant maintenant, et peut-être aussi tout près de mon père.

Je pensais tout cela, j'y tendais tout mon esprit et cependant :

> De lèvres indifférentes j'ai entendu
> La nouvelle de la mort.
> Et indifférent j'ai écouté...

résonnait dans mon âme.

O jeunesse ! jeunesse ! tu ne t'inquiètes de rien ; tu sembles posséder tous les trésors du monde, la tristesse même te berce, même la mélancolie te sied, tu as l'assurance et l'insolence. Tu dis : « Regardez : Seule je vis !... » Et cependant tes jours à toi aussi passent et disparaissent sans trace, et tout en toi disparaît comme la cire au soleil, comme la neige... Et peut-être tout le mystère de ton charme consiste non pas dans la possibilité de tout accomplir mais dans la possibilité de penser que tu peux tout accomplir. Il consiste précisément en ce que tu dépenses au vent des forces que tu ne pourrais d'ailleurs employer à autre chose, et dans ce fait que chacun de nous se considère comme un prodigue et pense qu'il a le droit de dire plus tard : « Oh ! ce que j'aurais fait si je n'avais pas vainement perdu ma jeunesse ! »

Ainsi, moi... que n'espérais-je pas? quel splendide avenir je prévoyais ! quand, par un seul soupir, par une seule sensation de tristesse, j'évoquais le souvenir de mon premier amour !

Et qu'est-il advenu de toutes mes espérances? Maintenant, quand déjà sur ma vie commencent à tomber les ombres du soir, que m'est-il resté de plus frais, de plus cher que le souvenir de cet orage de printemps qui a éclaté et passé si rapidement?

Mais c'est en vain que je me calomnie. Même alors, dans ce temps de légèreté et de jeunesse, je ne suis pas resté sourd à la voix triste qui m'appelait, et au bruit solennel qui sortait du fond de la tombe...

Il me souvient que quelques jours après avoir appris la mort de Zinaïda, attiré par je ne sais quel secret désir, j'ai assisté à la mort d'une pauvre vieille femme qui habitait la même maison que nous.

Couverte de loques, sur de dures planches, avec un sac pour oreiller sous la tête, elle râlait péniblement. Toute sa vie s'était passée dans une lutte amère contre la misère de chaque jour. Elle n'avait connu aucune joie ; elle n'avait jamais goûté au miel du bonheur. Il semblait qu'elle dût se réjouir de la mort qui était pour elle la délivrance et la paix ; et, cependant, tout le temps que son vieux corps s'entêta à vivre, que sa poitrine se soulevait douloureusement sous sa main refroidie, avant que ses dernières forces l'eussent abandonnée, a vieille ne ces sait pas de faire des signes de croix et de murmurer :

— Seigneur, pardonne-moi mes péchés !

Ce ne fut qu'avec la dernière lueur de son intelligence que ses yeux n'exprimèrent plus l'appréhension et la peur de la fin.

Je me rappelle qu'alors, au chevet de cette pauvre vieille, mon cœur se serra d'angoisse au souvenir de Zinaïda, et je voulus prier pour elle, pour mon père et pour moi.

FIN

Émile Colin. — Imprimerie de Lagny

EXTRAIT DU CATALOGUE
DE LA
Librairie C. MARPON et E. FLAMMARION
RUE RACINE, 26, PRÈS L'ODÉON

ŒUVRES DE CAMILLE FLAMMARION

Ouvrage couronné par l'Académie Française

ASTRONOMIE POPULAIRE

Quatre-vingtième Mille

Un beau volume grand in-18 jésus de 840 pages
Illustré de 360 gravures, 7 chromolithographies, cartes célestes, etc.
Prix : broché, **12 fr.**; — Relié toile, tr. dor. et plaque, **16 fr.**
Le même ouvrage, édition de luxe, 2 vol. gr. in-8°, 20 fr.

LES ÉTOILES ET LES CURIOSITÉS DU CIEL

DESCRIPTION COMPLÈTE DU CIEL, ÉTOILE PAR ÉTOILE,
CONSTELLATIONS, INSTRUMENTS, ETC.

Quarantième Mille

Un volume grand in-8° jésus, illustré de 490 gravures, cartes
et chromolithographies
Prix : broché, **12 fr.**; — Relié toile, tr. dorées avec plaque, **16 fr.**

LES TERRES DU CIEL

VOYAGE SUR LES PLANÈTES DE NOTRE SYSTÈME
et descriptions des conditions actuelles de la vie à leur surface
OUVRAGE ILLUSTRÉ
DE PHOTOGRAPHIES CÉLESTES, VUES TÉLESCOPIQUES, CARTES & 400 FIGURES
Un volume grand in-8°
Prix : broché, **12 fr.**; — Relié toile, tr. dorées et plaque, **16 fr.**

LE MONDE AVANT LA CRÉATION DE L'HOMME

ORIGINES DU MONDE
ORIGINES DE LA VIE — ORIGINES DE L'HUMANITÉ
Ouvrage illustré de 400 figures, 5 aquarelles, 8 cartes en couleur
Un volume grand in-8° jésus
Prix : broché, **10 fr.**; — Relié toile, tr. dor., plaques, **14 fr.**
Souscription permanente de ces ouvrages en Livraison à
10 *centimes et en série à* **50** *centimes*

ŒUVRES DE CAMILLE FLAMMARION (Suite)

DANS LE CIEL ET SUR LA TERRE
TABLEAUX ET HARMONIES
ILLUSTRÉS DE QUATRE EAUX-FORTES DE KAUFFMANN
1 volume in-18 grand jésus. — Prix : 5 fr.

LA PLURALITÉ DES MONDES HABITÉS
AU POINT DE VUE DE L'ASTRONOMIE
DE LA PHYSIOLOGIE ET LA PHILOSOPHIE NATURELLE
33ᵉ édition. — 1 vol. in-18 avec figures. — Prix : 3 fr. 50

LES MONDES IMAGINAIRES ET LES MONDES RÉELS
REVUE DES THÉORIES HUMAINES SUR LES HABITANTS
DES ASTRES
20ᵉ édition. — 1 vol. in-18 avec figures. — Prix : 3 fr. 50

DIEU DANS LA NATURE
OU LE SPIRITUALISME ET LE MATÉRIALISME DEVANT LA SCIENCE
MODERNE
20ᵉ édition. — 1 fort vol. in-18 avec portrait. — Prix : 4 fr.

RÉCITS DE L'INFINI
LUMEN. — HISTOIRE D'UNE AME. — HISTOIRE D'UNE COMÈTE
LA VIE UNIVERSELLE ET ÉTERNELLE
10ᵉ édition. — 1 vol. in-18. — Prix : 3 fr. 50

SIR HUMPHRY DAVY

LES DERNIERS JOURS D'UN PHILOSOPHE
ENTRETIENS SUR LA NATURE ET SUR LES SCIENCES
Traduit de l'anglais et annoté
7ᵉ édition française. — 1 vol. in-18. — Prix : 3 fr. 50

MES VOYAGES AÉRIENS
JOURNAL DE BORD DE DOUZE VOYAGES EN BALLONS, AVEC
PLANS TOPOGRAPHIQUES
1 volume in-18. — Nouvelle édition. — Prix : 3 fr. 50

BIBLIOTHÈQUE SCIENTIFIQUE POPULAIRE

PUBLIÉE SOUS LA DIRECTION DE

CAMILLE FLAMMARION

LA

CRÉATION DE L'HOMME

ET LES

PREMIERS AGES DE L'HUMANITÉ

Par H. du CLEUZIOU

OUVRAGE ILLUSTRÉ DE 400 FIGURES

5 GRANDES PLANCHES TIRÉES A PART, 2 CARTES EN COULEUR

1 volume grand in-8° jésus

PRIX : Broché. . . . . 10 fr.
—   Relié toile, tranches dorées, plaque.   **14 fr.**

GUSTAVE LE BON

LES

PREMIÈRES CIVILISATIONS

OUVRAGE ILLUSTRÉ DE 434 GRAVURES ET RESTITUTIONS

9 GRANDES PLANCHES TIRÉES A PART, 2 CARTES

1 volume grand in-8° jésus

PRIX : Broché. . . . . 10 fr.
—   Relié toile, tranches dorées, plaque. .   14 fr.

**Souscription permanente de ces deux ouvrages en livraisons
à 10 centimes et en séries à 50 centimes**

Dans la même collection, en préparation

CH. BRONGNIART

HISTOIRE NATURELLE

Édition grand in-8° illustrée

ALPHONSE DAUDET

LA BELLE-NIVERNAISE

Histoire d'un vieux Bateau et de son Équipage

ÉDITION DE GRAND LUXE

Illustrée par MONTÉGUT, de 200 Gravures dans le texte et de 21 Planches à part tirées en phototypie

Un beau volume grand in-8° jésus

Prix : broché, 10 fr. — Relié toile, tr. dor., pl. or, 22 fr.
Demi-chagrin, 16 fr.

HECTOR MALOT

LA PETITE SŒUR

Un beau volume grand in-8° jésus

ILLUSTRÉ

PAR CHAPUIS, DASCHER, G. GUYOT, H. MARTIN, MOUCHOT,
ROCHECROSSE, VOGEL

GRAVURE DE F. MÉAULLE

PRIX :

Broché : 10 fr. — Relié toile, tranches dorées : 14 fr.
Demi-chagrin, tranches dorées : 16 fr.

ALPHONSE DAUDET

TARTARIN SUR LES ALPES

ÉDITION ILLUSTRÉE DE 150 COMPOSITIONS

PAR

MM. MYRBACH, ARANDA, DE BEAUMONT, ROSSI, MONTENARD

Frontispice et couverture, aquarelles de ROSSI

PORTRAIT DE L'AUTEUR

Un volume in-18. — Prix.. . . . . 3 fr. 50
Reliure toile, plaque : 5 fr. — En belle reliure d'amateur : 6 fr.

TARTARIN DE TARASCON

ÉDITION ILLUSTRÉE

PAR MONTÉGUT, ROSSI, MIRBACH, ETC.

Un volume in-18. — Prix. . . . . . 3 fr. 50

D' P. LABARTHE

DICTIONNAIRE POPULAIRE

DE

MÉDECINE USUELLE

D'HYGIÈNE PUBLIQUE ET PRIVÉE

Illustré de près de 1,100 figures

PUBLIÉ PAR LE DOCTEUR PAUL LABARTHE

AVEC LA COLLABORATION

De professeurs agrégés de la Faculté de Médecine,
de Membres de l'Institut, de l'Académie de Médecine, de Médecins
et de Pharmaciens des Hôpitaux,
de Professeurs à l'École pratique, d'anciens chefs de clinique
et des principaux spécialistes.

---

*L'ouvrage forme deux beaux volumes grand in-8° jésus
de près de 2,000 pages.*

PRIX DES DEUX VOLUMES :

Brochés : **25** fr. — Reliés, demi-maroquin : **35** fr.

Ouvrage indispensable aux familles, et contenant la description de toutes les maladies, leurs symptômes et leur traitement; les secours aux empoisonnés, aux noyés, etc.; l'hygiène des enfants, des femmes, des vieillards, l'hygiène de chaque profession, etc., etc.

OUVRAGE COURONNÉ PAR L'ACADÉMIE FRANÇAISE

MARIE ROBERT HALT

HISTOIRE D'UN PETIT HOMME

ÉDITION DE GRAND LUXE, ORNÉE DE 100 GRAVURES

UN VOLUME GRAND IN-8° JÉSUS

Prix : broché, **10** fr.; relié toile, tranches dorées, **14** fr.

Demi-chagrin, **16** fr.

MARIE ROBERT HALT

LA PETITE LAZARE

ÉDITION DE GRAND LUXE ILLUSTRÉE PAR GILBERT

UN VOLUME GRAND IN-8° JÉSUS

Prix : broché, **10** fr.; relié toile, tranches dorées, **14** fr.

Demi-chagrin, **16** fr.

JOSEPH MONTET

CONTES PATRIOTIQUES

EAUX-FORTES ET ILLUSTRATIONS DE

Jean Béraud, Gilbert, Le Révérent, Sergent, Chaperon, Caran
d'Ache, Willette, etc.

UN VOLUME IN-16 SUR PAPIER DE LUXE

Prix : broché, **5** fr.; relié toile, tranches dor., plaque or, **6** fr.

PAUL DÉROULEDE

MONSIEUR LE HULAN

OU LES TROIS COULEURS

ILLUSTRÉ DE **16** COMPOSITIONS DE KAUFFMANN

Tirées en couleur

UN ÉLÉGANT ALBUM IN-4°

Relié richement avec plaque en couleur. — Prix : **5** fr.

AVIS DES ÉDITEURS

Le but de la collection des *Auteurs célèbres à* **60** *centimes* est de mettre entre toutes les mains de bonnes éditions des meilleurs écrivains modernes et contemporains.

Sous un format commode et pouvant en même temps tenir une belle place dans toute bibliothèque, il paraît chaque semaine un volume.

CHAQUE OUVRAGE EST COMPLET EN UN VOLUME

POUR LES Nᵒˢ DE 1 A 60, DEMANDER LE CATALOGUE SPÉCIAL

PARIS. — IMP. C. MARPON ET E. FLAMMARION, RUE RACINE, 26.

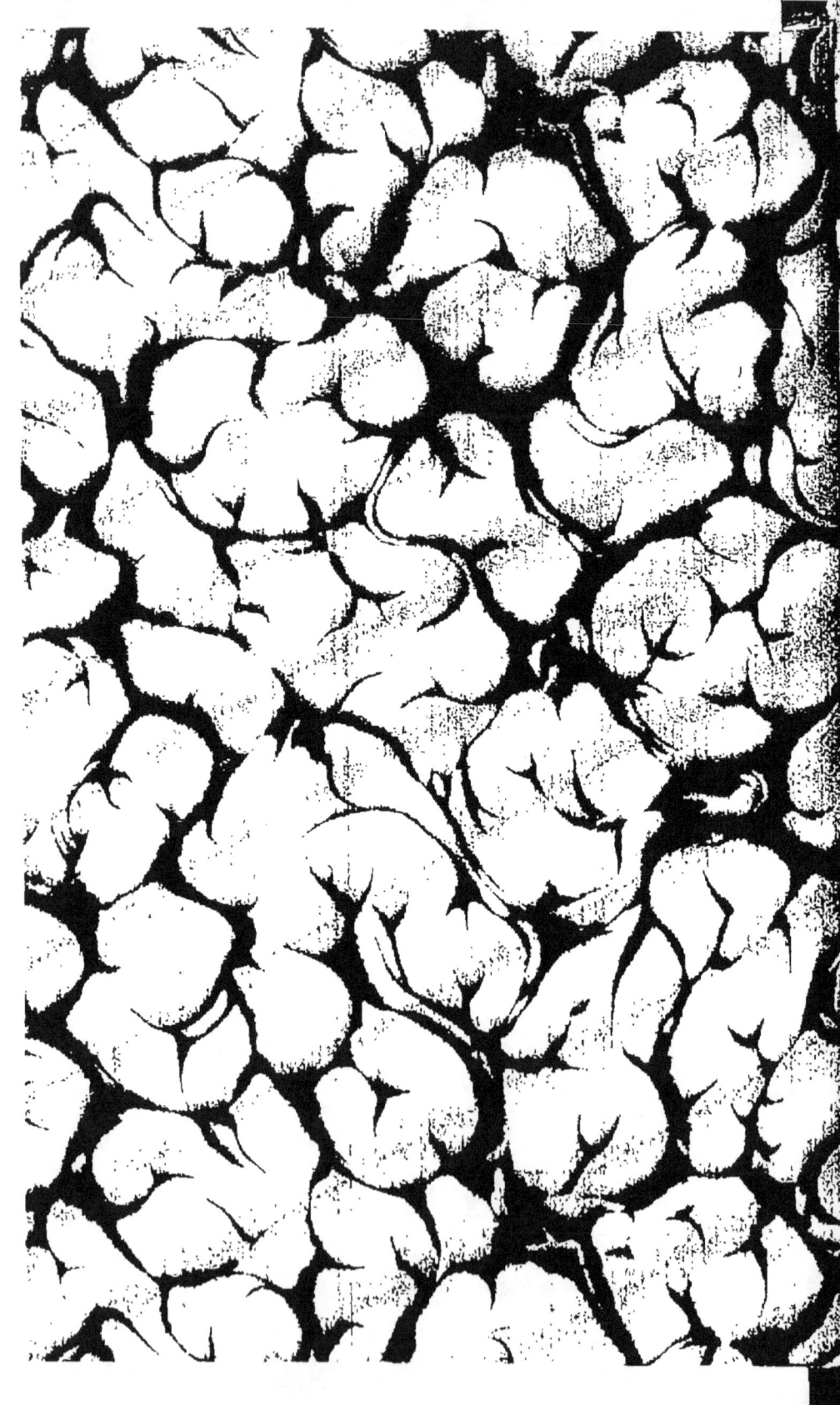

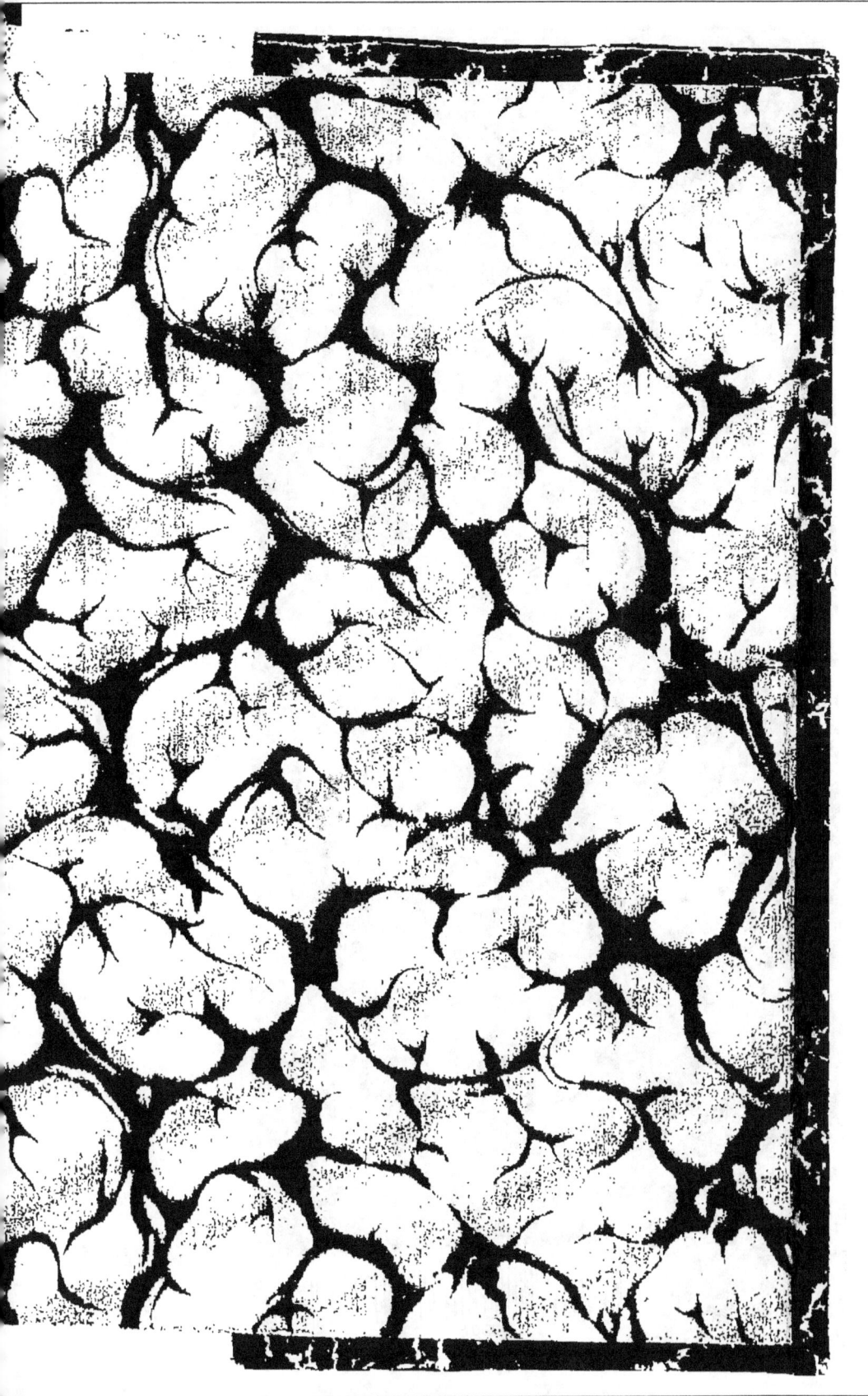

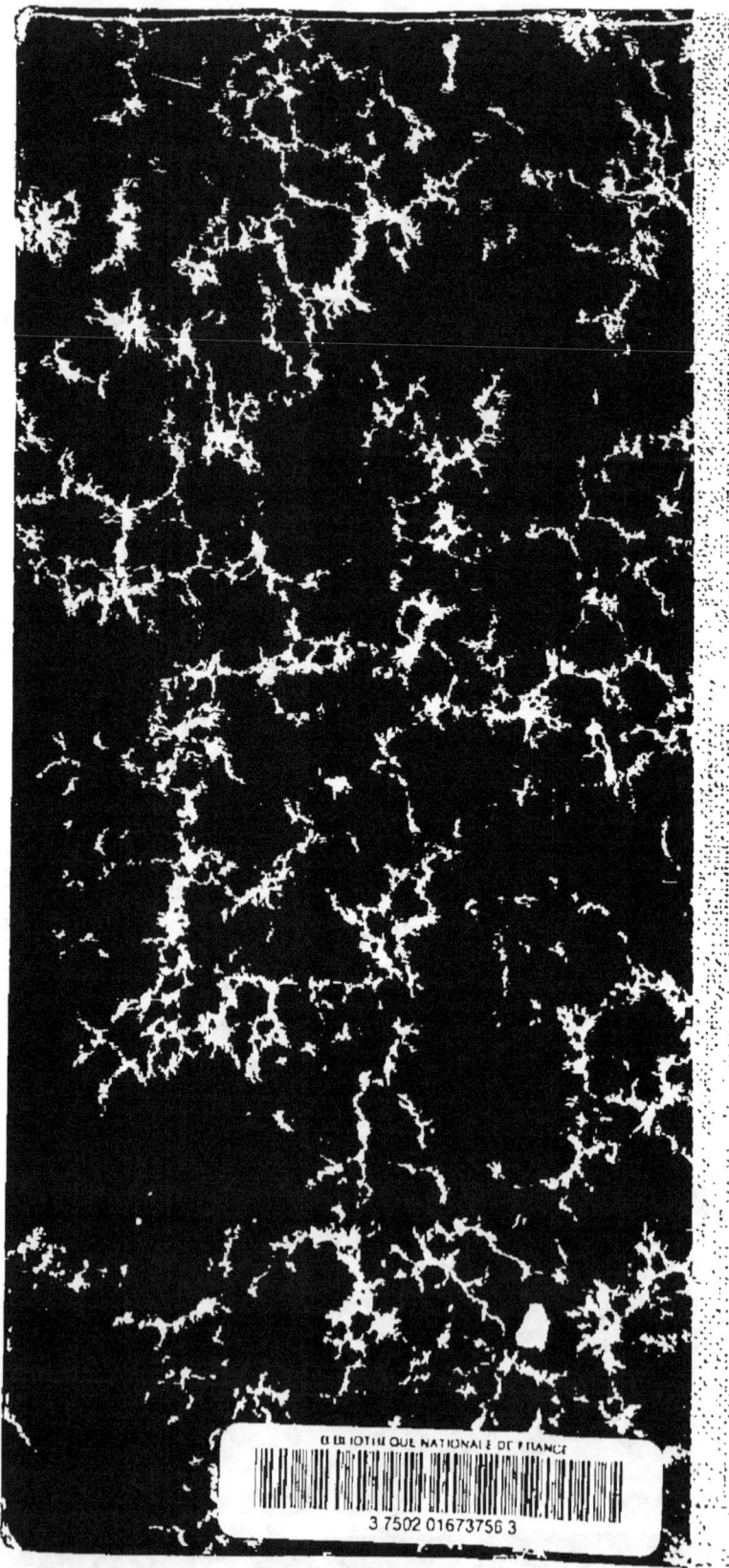
BIBLIOTHEQUE NATIONALE DE FRANCE

3 7502 01673756 3

www.ingramcontent.com/pod-product-compliance
Lightning Source LLC
Chambersburg PA
CBHW061444030726
47503CB00005B/1554